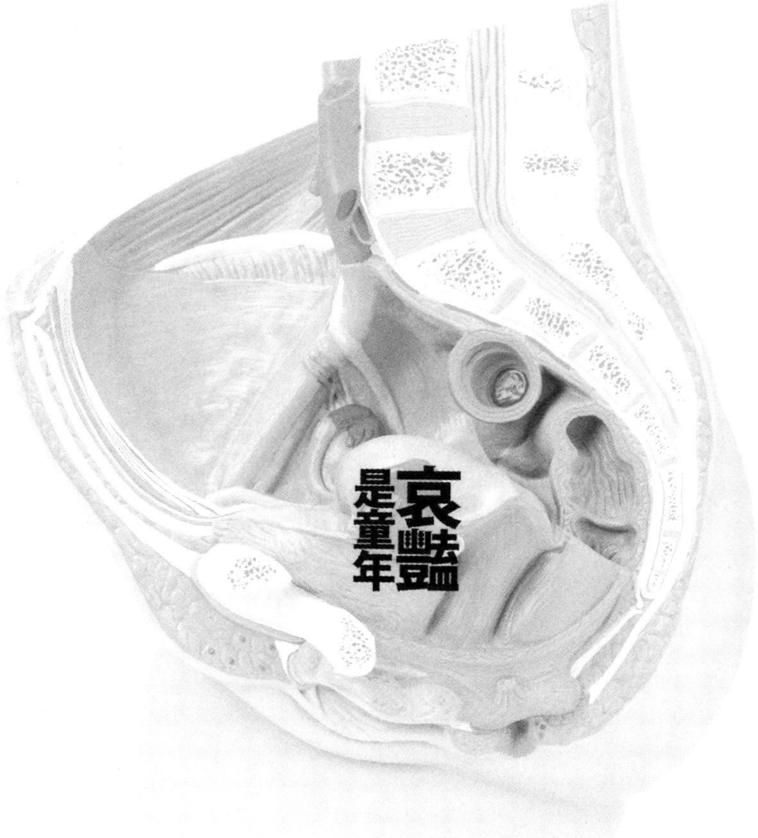

哀豔是童年

胡淑雯

contents

畸零地與帶罪的人

初閱胡淑雯的《哀豔是童年》，撲鼻來的是一種勇敢自我坦露的決絕，以及似乎同時期待要與什麼作出對決的濃烈氣息。

小說主要以第一人稱女性的位置，細細貼己的描述著成長過程的傷痛與裂痕，雖然看似一己的私經驗，但同時隱隱可讀出對整個時代，在性別議題、族群關係，以及社會階級等問題的勇敢碰觸。

整本小說最成功與失敗處，也就都同時落在這私己經驗與時代叩問二者間，不斷擺盪的位置平衡性上；成功時，二者韻律和諧自然，失敗時，則有時顯得刻意與突兀。

然而最私己的感情，即令喃喃自述也可以動人，如首兩篇的〈墮胎者〉、〈與男友的前女友密談〉。作者藉文學攤露你我底層血肉上，曾被感情所烙下奴隸般的印記，面對燙炙毫不閃躲。幾個生命中來去的男人，遺下女子獨自思索與面對胎兒的故事，算不上奇異特別，因爲作者的態度直率坦蕩，敢於直接剖露主角的矛盾與徬徨，讓我們與角色同情同感之餘，也不免要思考著，幾十年女性運動之後，現代女性在面對依舊作爲對話者的男性時，所面臨的困境與恍惶，究竟是什麼？以及與當年又有了怎樣的改變呢？

小說中的女性，雖然多半微弱近乎半隱身，與生命（尤其男性）互動時屢屢受挫失望，但基本上仍願意以善意繼續作對話，並堅持自我某種近乎卑微的權力與自決性（例如墮胎、自棄、帶著報復意味作反傷害的自主行爲等等）；男性角色相對顯得軟弱，不但無法承擔任何責任，也毫無能力（或意願）去主控權力的中心性，只能雙雙侏儒與畸零人般，無解地坐繞著旋轉木馬不停歇。

男性並不可恨，只顯得可憐。

女性則對這樣忽然決定的自我貶抑兼放逐，因而畸零了的男性，不知所措。

自甘的畸零，似乎是全書在應對某種不可見中心性時，自我確立的位置點；有些像是惹内只能以不斷的犯罪，以及永不悔改的態度，來對抗那個依舊等待他去懺悔的神。然而，畸零者在面對中心性時，某種不可互缺的愛戀因果辯證性，或正就是使惹内的自我放逐與邊緣化，得以顯出聖性的機會所在呢！

這樣的辯證性，在〈浮血貓〉裡，有著雙面刃般有趣的鋪陳。女主角殊殊在童年家中雜貨店幫忙，與日日下午來買一罐養樂多的博愛院退伍老兵，暗中建立起某種肉欲廝磨的利益交換關係，一日意外嬉戲中女孩入到老人房，並互動間的幫了老人手淫，女孩事後舉發老人行爲，使老人受到懲罰並遷居。多年後，女孩無意間見到更顯衰頹老人，決定尾隨並假扮社工人士，入到老人房爲他洗浴，並在他的哀求下，爲他再次手淫，並自此消失不再現。

這篇小說巧妙述說著權力可反轉的辯證性。自覺社會地位受屈辱的小女孩，在面對能付錢並攜來禮物的成年男人時，以受壓迫者的地位，不管是自覺或不自覺的，作出沉重近乎復仇的反擊；而這反擊卻也帶給她多年負罪的感受，因而在再次見到已失去權力的男子時，她用自我救贖的方式，爲老人作了手淫的服務，只是這次是以權力者施予的方式，而非受壓者只能接受的位置。

她張開雙手，洗滌這副久違的身軀，勤快如社工，如看護，如僕役，而且沒戴手套，赤手抹除了他們之間的界線——施與受，施洗與受洗的界線。

權力角色轉換的關係，微妙也有趣。若再繼續去思索雙方所代表族群、性別與階級的關係時，可引申的思索與詮釋空間，其實可以是相當遼闊的，然而小說並未接續追索這方向；此處我也暫拋這個軸線，反而想另外深究在胡淑雯小說裡，提到關於罪的意涵，究竟爲何？

小說裡的女性，都像是背負著某種原罪。不管是因爲社會階級、族群背景、性別，甚至某個程度暗示著根本源自更遠古伊甸園般，那樣不可復回並受到詛咒的原罪。殊殊說自己是「壞掉的血、死去的愛、衰敗的道德」，然而她對愛卻有著持恆強烈的期盼與質疑，在被棄與自棄間總是躊躇猶疑，因此大半只能選擇放逐自我到無邊的彼岸，或不斷在過往與現今的某種罪裡，載沉載浮，似乎尋不到破解之道。

權力者當年施下羞辱的咒語，如今依舊迷障難揭，餘生似乎就只能是以受苦來還願，幸福渺不可及；過往的重重記憶，一如不斷被墮掉的嬰胎，軀幹銷毀，魂魄不散。

或者，愛情依舊是唯一救贖之路；而自棄則是重生的路徑，並是得以用來除罪的聖方妙藥。

作者其實本來也無意昭告幸福樂園何在。她面對生命暗痕，以及這許多被時代與命運輕蔑凌壓過的個人心靈，發出她復仇者般憤恨的反抗訴說，也同時快速描繪出台灣戰後的某種社會剪影來。

讀畢這書，對兩度被墮胎消逝的嬰胎，不免有著其是否暗具象徵意義的好奇，因而也想著：究竟作者認爲代表著未來生命的嬰胎，是一個全然自主的新生命，或是兩人過往關係的延續體，還是兼而有之呢？

墮胎者

該要怎麼，對待一枚陰蒂呢？

首先，想像有一顆蛋，剛剛破殼，不用筷子戳弄，也不準備打成蛋花。

想像一個脫了殼的生蛋，像一只剛脫胎的卵，滑滑的膩在這世界某個粗糙的表面，捨不得離開。蛋白裹著蛋黃，被一層透明的蛋膜護著。

想像一根或幾根手指。舌頭、眼皮、或膝蓋。手腕、嘴脣、或臉頰。陰莖與陰囊，陰脣與乳房。各種器官與皮肉皆有資格，以任何方法取悅這顆蛋，唯獨絕對不可以，扯裂了蛋膜。

怎麼碰都行，只要不把蛋膜弄破。

學會這樣使用力量，以之對待陰蒂。

要招惹一枚陰蒂，惹得她狂喜尖叫著要炸開了，就該這樣。

以近似於無的力量。

近於無的，所有力量。

1

該要怎麼，拿掉一個小孩呢？

首先要有能力想像，這即將剝離的並非一個生命，而是一份關係。

兩年前我曾拿掉一個小孩，今天，我要拿掉第二個。

兩年前那個，我叫它小雞心。小雞心是拓普的。

當我說，「它是拓普的」，意思是，「我篤定它是我的」。

它是拓普的小孩，意味著，只有我知道，它是拓普而不是別人的。

只有女的知道，於是落落大方以男子之名，指認血源。這大約是父系命名秩序的由來——男人施行命名的權力以確認親子關係，女人不必。女人對自己的母親身分太有把握（以致連棄置都難），於是將姓名權讓給父親。這一讓，讓了幾千年。

拓普的孩子，我的小雞心。

小雞心從生到死，三十七天，不曾演化成一個性別。

2

小雞心成孕那次，正是，我與拓普的最後一次。

拓普是我的初戀，漫長的初戀，從十八歲到二十七歲，縱貫我全部的青春，簡直就是一輩子了。

時間不老，故能逼死青春。熱情像微沸的滾水，在時間的監視底下燒個精光，焦乾了。炭化的戀人還來不及知覺，就已經墮落成夫妻，在深夜的電視機前睡著，像飛機上的陌生人，同寢共食，共用一間廁所，醒來各看各的報紙，不必互道早安，不接吻，所以也不急著刷牙。

一旦見證了時間的力量，聞到愛情衰朽腐敗的氣味，誰還能夠站在道德高地之上，譴責變心的人？替外遇者求情、說話，這是身爲凡人的道德義務。

所以我怎能怪拓普愛上別人呢？儘管我哭哭罵罵、痛下詛咒、不吃不睡，勉強振作一段，又慌慌張張哭了起來，淚眼灼痛的昏睡過去，醒來繼續哭泣。

即使在最自憐自殘的時刻，我依然知道拓普是可憐的。

他殺氣騰騰地恐嚇自己的陰莖，或低聲下氣的求它，「求你，求你站起來，進入我的女人，證明我對她的愛情。」他呼喚的已經不是情欲而是，情欲的剩餘，以意志鞭笞肉體，把激情（passion）這個字，逆著時間的向量推回，回到它的拉丁字根 patior，成爲「受難」。是的，我對拓普與拓普對我的愛，使我們受苦受難。

也不知是怎麼開始的（當我們開始追問一切是怎麼開始的，事情已經結束了），我們各睡各的，睡外面，睡別人。當拓普遇見她的時候，我正睡在另一張陌生的床上。當拓普留宿在她住處，我沒有阻止，因爲我自己也潦草的睡過幾人，自以爲這一切與愛無涉。

然而拓普比我幸運，他遇見的那個對他付出愛情。

3

該要怎麼，墮掉一個胎兒呢？

喝下摻了鉛的咖啡、磨成粉末的甲蟲？吞服水銀複合物，或是由水蛭、莪朮、紅花、虻蟲合成的「破血藥」？滾下樓梯？吸取其他女人的奶水？以棒針或拉直的衣架戳刺？朝隆起的肚子開一槍？還是，殺掉自己？

女醫生雖好，但我碰到的那個偏偏不怎麼好。她有潔癖，而且是一個母親。

我記得許久前一次小小的感染，她要我打針、吃藥、浸泡，把所有的內褲燒掉。

燒掉。她說的是燒掉而不是丟掉。彷彿「我生病」這件事，是另一件該撲滅的惡疾。

「所有的？每一條？」我不懷疑這有多浪費，只懷疑這可有必要。

「對，每一條。」她斬釘截鐵地說，「因為妳無法確定自己是在哪裡、被什麼東西感染的，妳的每一條內褲都可能受到汙染，都有嫌疑。」

診療還沒結束，她就當著我的面，嚴厲地搓洗手指，彷彿我是另一條帶菌的內褲。

她的臉上長著刻苦的黑斑，指甲深深的退縮著，陷進肉裡，展示著某種對秩序的依賴、對妝扮的拒絕。

她將兒女的照片放大，加框，四處擺掛，占據診間。

她不只是個母親，還是個家庭主義者。

我不相信她，私自赦免了幾條心愛的內褲，病還是好了。

4

驗孕的結果確認之後，小鬍子醫生竟然假惺惺地說，恭喜，妳懷孕了。彷彿他這家診所是專門幫人接生而不是墮胎的。

我應該說「別假了，我是來墮胎的」，但是我沒有。我故作猶豫地，把聲音放低，說，我沒打算生下來。

醫生繼續裝傻，打消「執行者」的罪惡感，並且邀請我加入這場戲。

「妳不再考慮一下？」（否定式問句。拿掉確定性，保住羞恥心。）

我搖搖頭。（別開口說不，以免顯得太不知羞恥。）

「妳結婚了嗎？」

「沒有。」

「想動手術？」

「嗯。」

「打算哪一天？」

「愈快愈好吧。」（愈快愈道德，不是嗎？趕在生命成形之前。）

「那就今天吧。」

「今天？今天我還沒準備好。」

「明天呢？」（這麼急好嗎？不會顯得太不道德嗎？）

突然間我就不想了，不想在這個人面前脫掉褲子、張開大腿、讓擴大器進來。於是我問：你有 RU486 嗎？

「小姐，這個藥還沒核准哪。」

「放心，我不會說出去的。」

他讀著我的病歷，說，「我不能開單子給妳，萬一出了問題，我不會承認給了妳這個藥，妳要自己負責。」

黑市價，六千五，跟手術一樣昂貴。

幹！趁火打劫——我把這句話從嘴邊拉了回來，吞進胃裡，小鬍子卻彷彿聽見我肚裡的回聲，心虛地說，「要不是爲了大家的需求，誰想冒這種風險啊？」一面問我幾歲幾公斤，一面計算著該給我多少前列腺素，「我們以價制量，也是爲了避免造成鼓勵的效果」。

5

回想當時，之所以選擇 RU486，一方面是出於人格中的犯罪傾向，更因爲當時，身邊已沒了陪伴。今天，兩年後的今天，依然落單的我，坐在一輛計程車上，考慮著：要不要接受麻醉，動手術，在床上發出連自己也不懂的夢囈，於失血的夜色中獨自醒來？

我搭上的這輛車，是台北市千載難逢的、最老最龜的一輛車。暴雨封閉的車身裡面，有沉重如鉛的汽油味，潮濕的菸臭在椅墊裡生根，座椅裂得像生瘡的皮膚，其上的每一個瘡彷彿都在抱怨，抱怨天氣，抱怨爲何連塑膠皮都會老化、長皮膚病。

世界在窗外融化了，安安靜靜。

窗內的司機同樣沉默異常，但是他所在的那個座位窸窸窣窣，吵鬧不休，堆擠著一個又一個忙碌的塑膠袋。他在這輛車裡待得比誰都久，幾乎是住在裡面了，以至於，整輛車彷彿從交通工具慢慢慢慢退化，化做一個破房間，他一面操作方向盤，一面剝殼吃花生，一派享受時間似的不把時間當時間——這是不挑車的好處，讓你思索不挑剔的結果，以及趕時間的目的。

整輛車彷彿中風未癒，一路抽搐，發出骨節錯位的噪音。連司機也像中過風似的，肩膀壓著腰身斜向左邊，腦袋又壓著肩膀斜向更左邊，以不到三十公里的時速，在汲汲營營的大馬路上，一路落後營生。

6

怎樣比較敗德？

流著經血走進廟裡上香，還是，懷著一個非婚子（以致停經無血）？

墮掉一個私胎，還是，拿掉丈夫的孩子？

我的姑姑老是愛說，她墮掉的那幾個孩子一定都是男的，「否則我生的怎麼都是女的呢？」

我姑姑結婚二十年，生了四個女兒，拿過四次小孩。無一不是她丈夫的。

四十四歲再懷一胎，本想拿掉的，「年紀這麼大了還能生嗎？」轉頭想想又決定生下，「以前拿掉的既然都是男孩，這個打算拿掉的一定也是。」

拚了，生了，老大都上大學了。生出來又是女的。

吞下 RU486，子宮用力收縮，用力、用力、用力收縮，像垂死前最用力的呼吸，痛死了。小鬍子忘了警告我，原來這回事可以那麼痛。我記得自己痛得撞牆搥地板，痛得忘記呼吸，失去語言，記起所有的髒話，放肆呻吟。耗費了比痛更大的忍耐，才能不打電話向拓普哭救。我想我若不是太過驕傲，就是太保護拓普了。

隔天，血還在盛大地流，我就走進廟裡拜拜、讀籤，旁觀塵世的香火。觀世音菩薩不是男的，我想祂不會反對的。媽祖是個女的，祂會了解我的。

7

車太久，路太慢，雨下得又急又長。

怪司機旁的空位上，吃剩的便當溢出暖烘烘的餿味，一枝牙刷晾在一張疑似抹布的毛巾上面。手排檔附近的凹槽裡，擺著一個鏽得足以殺人的爛鐵罐。

司機拿起罐子，遞到嘴邊……。我看見罐口的鐵鏽跟血一樣濃。

我以為他要仰頭，喝一口比雨水更酸更重的金屬性廢水。

但是不。

他收起下巴，朝罐裡吐一口痰，然後拿出檳榔，慢條斯理大嚼起來，再大大地呸一聲，將腥紅的檳榔汁吐進生鏽的鐵罐裡。

一種血的預感，引得我下腹一陣收縮。

我想說：運將，你想抽菸就抽吧，我也可以跟你抽一根哪。

但是時間已經到了。

已經到了。

時隔兩年，我再度光臨小鬍子診所。

8

報到之後，眼看還有得等，乾脆先去看看矮子店員，買一包衛生棉。

小鬍子診所位在巷口，便利商店窩在巷裡的第二個轉角，矮子家住基隆，每天騎機車來回台北，這台北還不是離基隆最近的松山，而是遙遠的萬華。問他怎麼選個離家這麼遠的工作，他說面試了幾十家，「只有這家肯用我啊」。

他是個侏儒，要站上倒扣的啤酒箱，才能打開收銀機。

兩年前見他一眼，我就發現：咦，你是不是拍過廣告？

他傻傻笑說：妳看過喔。

對呀，我說，你演得很好。

他說他跟所有的業餘演員一樣矛盾，既希望人家看見，一旦人家告訴你說看見了，又覺得不好意思。

他在半年內拍了三支MV，三支廣告，以令人驚訝的身體比例，表現新奇的華麗感。一種劇場般的、強烈的存在感。

然而他的演藝生涯一閃即逝，短暫得像不打雷的閃電，商業影像的「馬戲班怪奇」風潮一過，演出機會迅速歸零。他不見了，自電視螢幕消失，也從便利商店的櫃檯撤離。不見了，跟所有偶爾與我們擦身而過的畸形人一樣，消失了。

「請問，我有一個朋友，長得大概這麼高……」我把手壓低，壓在那藏著祕密的肚腹之上，「以前在這裡做過……」

「是小孩還是大人啊？」店員問。

「是個侏儒，」我說，「兩年前還在這裡的，不知道你認不認識？」

「男的女的？」

「男的。」

「沒印象喔。這裡半年前改裝，換了一批人喔。」

「所以你沒見過他？」

「沒印象耶。」店員搖搖頭，問我，「要用紙袋包起來嗎？」

衛生棉要包起來嗎？

謝謝，不用。

9

這幾年，怪物般的畸零人好像愈來愈罕見了。他們是被藏起來了？還是，造物者對於製造怪物已經不感興趣？

或許，他們都被墮掉了，經由科學的透視、篩檢，在育成之前一一剔除。

於今，怪物彷彿都生在中國。雪人，鼠人，魚尾人，沒有臉的人。

報紙的奇聞異事版上，有吃玻璃的、嚼燈泡的、以煤渣作主食的鄉下人。

還有一個瓦斯人，一次喝下五公升的瓦斯，再反芻回吐，在自己嘴邊點火，還能把肉烤熟。

我讀著這些沒有照片，無憑無據的報導，想像牙齒咬碎燈泡的聲音、胃裡分泌的腐蝕性強酸。一張又一張鋼鐵般堅固的嘴，嚼食著不可吃的工業廢物。不可思議的胃，消化著那些不可消化的。新聞倒退或進化成傳說，化做飢餓的象徵。

窮能生怪，富也能生怪。日本人趁著西瓜還年幼，將它置入方形的容器當中，投入大量的人工，製造完美的畸胎。方形的西瓜，方形的哈密瓜，等比縮小一半的小玉西瓜，葡萄般大小的一口蘋果。甜美工整而昂貴的，受寵的畸形兒。

10

我的小雞心有點倔強，不是墮了就落的。

血流超過一個禮拜，下腹微微抽痛不止，打電話給小鬍子，他說，「再觀察幾天，血應該就快停了。」

再兩天、三天、又過了一個禮拜，血並不停止。細細小小、荒涼淡漠，像一條發炎的小溪，流不動卻也流不乾。

再度找上小鬍子做了內診，原來是「卡住了，沒排出來，子宮繼續反應繼續收縮，想要把事情做完，血才會流個不停……」他用鑷子夾出一團血汙，扔進垃圾桶，「好啦，處理掉了，」

呼一口氣說，「好險，再拖幾天，搞不好變成敗血症。」

放下雙腳，退下診台，穿上內褲，拉起裙子，我忍不住彎進垃圾桶，翻尋那一團血汙。

小小一塊，像雞心，只能用兩根手指捏起來，三根就嫌太多，放進掌心又太親暱太傷感了。紅通通的裹著血膜，有肉，還有骨頭。

骨肉。骨肉。這個詞，原來並不是形而上的。

你終究讓我看見了你，索討了一個名字，小雞心。

11

假如你愛兩個人……

一個是老情人，一個是新戀人。你以年輕人的熱切愛著新的，張大眼睛挺著陰莖漲滿欲望地愛著他，同時對另一個，舊的那個，閉著眼睛軟著心腸抱得緊緊的，像抱著一個心愛的小孩。那麼恭喜你，歡迎光臨「拓普情境」，Topo's situation。

沒錯，拓普就是那個腳踏兩條船的，劈腿族。不到最後一刻，不跟任何一個說分手。

然而我跟他是注定要失敗的，因爲我們還不夠蒼老到，能夠，將愛情安頓在無欲的親人之愛當中。

當一對愛人不再做愛，便只剩下兩種選擇：分手，或是結婚。但是我不想，不想從愛情動物變成婚姻動物。不想。不想。我不忍心讓一對戀人——即便已失敗的戀人——墮落成一對夫妻。

12

分手後半年，相約再見一面。拓普要走了，跟女友結伴，出國念書。

「恭喜你拿到獎學金。」電話中聽到好消息的一刻，我高興得像是自己中獎，「我請你喝香檳吧，我們在一起的時候，每次想花錢享受一下，總是臨終反悔。」

「臨終反悔？我們哪一次走到臨終？我怎麼不記得？」拓普問。

說的也是，我記得，總是才剛起了念頭，就打消了念頭。只有一次，搭了四十幾層的電梯，到了空中餐廳門口，拓普堅持要請我一頓，我猶豫著翻翻菜單，「算了，不值得。」十年初戀，不曾走進任何一間像樣的餐廳。

「我們以前眞的好寒酸喔，不知道在省什麼。」我說。

13

拓普還是想替我省。

晚餐後他拿出預先準備的香檳，「去妳那裡喝吧，酒吧裡一瓶三千五千的，太冤了。」

我知道他是坦蕩蕩的，因爲他對我已經不再勃起，安全衛生得像個爺爺或小孩。

只是，一旦進入那睽違半年的雙人小窩，舊式的感情跟著戒不掉的習慣還了魂，拓普才剛爲眼前這個左撇子女人擺好酒杯，就發現自己跟她還沒有完。

他覺得自己欠她一次勃起，一次射精，欠她一個證明，證明他是以愛一個女人的方式在愛她。

結果竟然做了。在分手半年以後。在還沒分手也做不成愛以後。

14

當高潮吸收高潮，幸福痙攣，飛旋，墜落，成爲一個受精卵。

基於某種藥物化學的失敗，小雞心滯留在我的世界。

儘管世人對墮胎的譴責，將小雞心升格爲一副屍骸，但只有小雞心知道，我所欠負於它的，其實不是生命，而是一個故事。所以它卡在我的子宮頸，製造細長的血流，流出自己的故事。

15

小雞心成孕那次，正是，我與拓普的最後一次。

他跟我都意想不到，在歷經了與性挫折的慘烈對抗、以及酷刑般的失敗之後，反而在一無所求的放棄當中，做到了以前做不到的。

那種哭笑不得的感動，就像在火場的廢墟裡，撿到青春期的相片或日記本。照片上的男孩女孩被黑煙薰得灰頭土臉，分手的愛人被回憶薰得淚流不止。

「沒有套子，你別射在裡面。」

「妳怕？」

「我怕呀。我怕你怕。」

「我該怕嗎？」

「不該嗎？小心我懷孕纏死你。」

聽她這樣說，他就更沒辦法脫身了。他不想脫身。
他對她的感情是如此，不怕牽絆不怕麻煩的，他想要表達，想要射在她裡面。
「要妳做我女兒妳不願意，乾脆做我女兒的媽好了。」
她知道，最美的果實已經熟了，假如捨不得把它吃掉，就只能眼看它爛掉。
她只能選擇盡情享受，享受它的消失。
這世上沒有如果，沒有這種水果，沒有捨不得吃卻能擺著不爛的水果，除了假的、死的、沒心也沒肉的。
她與他在高潮當中，發出啜泣般的呻吟，像一顆煮過頭的梨，焦黏在高溫當中，榨取嘶聲喊痛的甜。

16

吃多了放久的水梨，就會知道，梨子屬於早熟早爛的那一類。
梨子爛了，還有下一個。但總有人是捨不得放不下的。
「最誇張的一個，是我辦公室的主管……應該說，是我主管的主管，」吧檯上那個活潑的女孩，一邊吃著酒保分贈的梨，一邊繼續說著，「這是上禮拜的事，我去茶水間洗杯子，看見他把一個爛到已經破皮出膿的水蜜桃，放進塑膠袋裡又搓又揉的，再灌水把爛肉沖掉，然後用湯匙刮骨刮肉，像在做清瘡手術一樣。」

這樣忙了老半天，總算保住的果肉，據那個女孩說，「大概只能吃個兩三口吧。」「只有兩三口也就算了，還是泡過水的……。那口感，已經不是水果而是剩菜了吧。」女孩說。

這家酒吧叫做胚胎，酒保就叫胚子。黑烏烏的一間店，只有兩個客人。女孩坐在吧檯跟胚子聊天。我則選了一張兩人份的桌子，等著一個不曾謀面的人。

17

失去拓普之後，我可以跟任何人在一起，因爲我跟誰都不在一起。

但是這一次，這個人，跟其他人很不一樣。假如他戴的不是那種壓垮鼻梁的笨眼鏡，假如他不愛說前女友的壞話，假如他吃麵不會發出稀哩呼嚕的聲音，假如他在地下道給了乞丐幾十塊，那幾十塊是輕輕放進鐵盒而不是用丟的，那麼，我想，我會輕易就愛上他的。

他說他叫浩肆，我說我叫殊殊。我們已經在網路裡交談兩個月了。

18

小雞心被鑷子夾出的一刻，有什麼東西誕生了。

誕生的不是壞死的胚屍，而是一個女人。一個墮過胎的、見過死胎的、全新的女人。有過去的女人。

女人爲自己起了一個新的名字，殊殊。

殊殊。

殊。殊。歹。朱。壞掉的紅色。

殊殊是壞掉的血，死去的愛，衰毀的道德。

我的名字殊殊，是小雞心給的。是小雞心孕育了殊殊。

這個沒有成爲一個生命、也沒有成爲一種性別的小東西，彷彿某個來自地心的信使，自體內最深的地方爲我捎來某種眞相。唯有通過小雞心，我才能回到自己，或者，離開自己。

19

既是棄毀，也是誕生。

我和小雞心，同樣自棄毀中誕生。

20

酒吧大門開了，走進一個男人，一聲也不問就坐在我對面。

那是一張強風擦洗過的，風塵僕僕的臉。

「你騎機車？」

「對。」

「怎麼確定是我？」

「因爲這裡沒什麼女的。」

「吧檯上不是還有一個嗎？」

「她不像。」

「爲什麼？」

「她臉上的妝太濃了。」

「這是什麼道理？」

「濃妝的女生通常，我是說通常啦，沒什麼精采的故事可說。」

「哇你眞是太武斷了，那女生剛剛講了一個好玩的故事。」

「這表示妳有更好的故事。」

「你喜歡有故事的女人？」

「當然。」

「不怕被女人的故事嚇到？」

「不怕。」

「我不相信。」

「那妳就嚇嚇我吧。」

21

入夜之後，清冷的酒吧熱了起來。吧檯上添了一男一女，再加一男一男。還有一對外籍男女，滿懷觀光客的好奇，點了一瓶阿里山小米酒。

狹小的「胚胎」裡擠了八張桌子，新來的兩女三男占掉了僅剩的兩桌，再進來一個女的，就只能往吧檯坐了。

這女的有點囂張，顯然是個熟客。典型的漂亮女生，一如「漂亮」的字面意義可見的，皮膚光滑得透亮。她向胚子要了一杯 Tequila Boom，抓起酒杯朝桌面狠狠的 boom 一聲，剁碎滿室的喧嘩。她猜想全場的人都在看她，所以她誰也不看。

然而她畢竟不是一個可以安靜太久的女生，只不過她吵鬧的方式不是說話，而是跳舞。她跳得很好，一種匠氣的好。掌聲大作，有兩桌人請她喝酒。她借著酒意沿桌嬉鬧，鬧到浩肆身上來了。

「第一次來嗎？我沒見過你。」

「嗯，」浩肆舉起酒杯敬她一下，「妳的舞是在哪學的？」

「藝術大學，剛畢業，我要當個舞蹈家。」

其實那一身匠氣是成就不了一個藝術家的，浩肆不想說破，卻又忍不住問道，「那現在呢？現在不當舞蹈家？」

「我在等機會呀，等人家發掘我。」

「所以妳現在最重要的工作就是等？等著人家發現妳？沒人發現妳就當不成舞蹈家？」

女孩聽出浩肆話裡的諷刺，起身，甩頭，做了兩個大轉圈，回身定住，以一種突然發現新夥伴的語氣衝著我問：「妳叫什麼名字？」

我說我叫殊殊，她回了一聲噢。我知道她其實沒聽進去。

她很不服氣地爲自己申辯起來，說藝術這行其實很苦，浩肆索性跟她玩了起來，說自己從事的也是藝術，「所以我了解這一行，看得出妳只是隨便說說而已。」

我插嘴說了一句：「嘿，先生，你太自以爲是囉。」

但是女孩並不領情，擺出一個反掌的手勢擋住我的話。她是那種絕對不肯坐在後座的女生。尷尬間她又問了一次，「妳叫什麼名字？」

我說我叫殊殊。她並沒追問是哪個「書」。

等她第三次問起我的名字，我已經不想再重複一次，我說，「我已經告訴過妳，但是妳記不住也不在乎。」

「等一下等一下，」她倏然挺直腰身，抬起下巴，「妳對我有敵意是嗎？」

我看著她，不搖頭也不點頭，「其實，妳對女人一點興趣也沒有吧。妳的眼裡只有男人而已。」

「所以妳因此而對我有敵意嗎？」

「並沒有，」我說，「我只是覺得，既然妳無心認識我，又何必一直問我叫什麼名字呢？連出來玩都要這樣假來假去的，太累了吧。」

這女孩明明是一隻小鹿斑比，卻要強扮掠奪者，以爲自己可以吞下任何東西，其實才咬幾口就噎到了。

「O，K，」她把胸口彎到我眼前，「再說一次妳的名字，我一定會記住的。」

她的聲音像是被尖牙囓咬過，帶著一種挫折過的、做作的尖銳。

「最後一次，」我說，「我叫殊殊。」這樣無意義的重複幾次，我好像第一次適應了這個名字。

「輸？哪個書？」

「特殊的殊。」這次換浩肆插嘴。

「殊殊，妳是他女朋友嗎？」

女朋友？

她清脆的表情裡面，閃爍著天眞的貪婪，單純得可笑，也有一點可愛。

「不是，」我告訴她，「我不是他的女朋友。」

她乾了一杯 Tequila，說是向我賠罪。然後把身體交給全場的目光，跳了半支狂放的豔舞，在一個耗竭般的旋轉過後，把雙手掛在浩肆的脖子上，貼著他的耳朵說，「想不想看，我全身上下最美的地方？」

「好看嗎？」

「廢，話，當然好看！」

「哪裡？」

「你猜。」

「我猜不到。」

「你猜一下啦！」

「腳底？」

「還眞的咧，很接近了耶！」

「頭頂？」

「亂猜！」

「手肘？」

「討厭，好啦告訴你啦，」她踢掉自己的高跟鞋，露出赤裸光潔的腳趾。

「果然很漂亮，」浩肆看著她說，「可見妳根本就不是一個用功的 dancer 嘛。」

一個舞蹈家，可能有這麼漂亮的腳趾嗎？——就是這句話，讓女孩騷動的身體全然靜止。也是這句話，開啓了我對浩肆的傾慕。

對表相不爲所動的。

三四十歲男人少有的。

對年輕貌美的抵抗力。

22

浩肆送我回家，沒跟我上床。

這第一次約會出奇美好，好到不必以上床來終結、暗示：你我之間僅止於此。

我們在網路裡呼叫對方，正經八百的陳列了幾句聰明的問候語，就忍不住相互丟起傻話來了。瑣碎親密的話題，適合聲音。我敲著鍵盤說不想打字了，他就向我要電話，我們從文字回到聲音，回到語言的肉身，其中的沉默與呼吸，比話語更有可讀性。

通訊技術從電腦手機有線電話一路退化，到了筆。我收到他寄來的、貼了郵票的短信，提議週末一起午餐。我沒想到他的字跡是這樣的，這樣的工整以至於笨拙，像一則強而有力的懇求。

午餐結束之後，浩肆並不急著走。

下午茶喝到天黑，我也不急著走。

昏暗的街上飄起雨來，浩肆撐起傘，問，要不要散步？

走到巷底右轉，在小公園裡尷尬地站了站，所有的石椅木椅都濕了，我問：要不要吃晚飯？

「假如你不想，」我趕緊追加一句，「不用勉強。」

「其實很勉強，」他說，「我有一個案子後天就要交差，但是我想跟妳一起去吃晚飯。」

晚飯結束之後他問，要不要去喝一杯酒？

他喝紅酒，我點了威士忌。

當我拿出香菸，他爲我點上。他自己並不抽菸。

我說我該回家了，他就騎車送我回家。

下車說完再見，發生了一段靜止不動的擁抱。彷彿什麼也沒發生的發生了這樣的事。時間乾乾淨淨，一切都懸止了。我跟他好像變回嬰兒，分不清誰在抱誰，那擁抱不沾帶任何既存的情欲，反而，可以，允許任何訊息無拘無束地游進皮膚裡面。

白色的月光淹漫似水。我的皮膚像甜甜圈的糖霜一樣敏感，一點溫度一點點摩擦，就融化了。

美好的，美好的再見，好到很難不以上床來擺渡，渡到生命的另一階。

23

我的名字殊殊，意味著「敗壞的血」。

兩年前我曾拿掉一個孩子，今天，我要拿掉第二個。

兩年前那個，我叫它小雞心。小雞心成孕於，我與拓普的最後一次。

兩年後這個，成孕於我與浩肆的第一次。

24

「其實嬰兒的第一個哭聲，不在產房而在母親的肚子裡。

紐西蘭奧克蘭大學的研究人員，爲一個三十三週的胎兒照超音波，隔著媽媽的肚皮製造震動，試探胎兒的反應。

結果，胎兒被嚇到了。它轉動頭顱，加快呼吸，張開下顎，顫抖下巴，哭了十幾秒。研究員改用其他的低分貝噪音，干擾更年幼的胎兒。結果，幾個二十八週的胎兒也都哭了……」

在決定投奔小鬍子之前，我去過正規的醫院。婦產科的候診室裡，播放著新時代的〈嬰兒與母親〉。我在一群孕婦堆裡等著叫號，這裡沒有墮胎者的位置。

RU486已經合法了，墮胎者必須在醫師的監護底下服藥。

我看見一個女人，我的同類，被護士帶進產檢室裡，對著嬰兒的照片吞下藥丸，隨即把房間讓給那些等著做產檢的人，回到赤裸無遮的走廊上等待，確定沒有不良反應才准離開。在她面前來來去去的，是一個又一個凸起的肚子，彷彿一頭又一頭緩慢的象——巨大而等待被征服的、延遲的希望。

這裡只有產房。沒有墮胎房。

我已經等了一個鐘頭，我不再等了。

眼前的每一張海報、每一個符號、粉紅與粉藍的色塊、興奮或擔憂的交談，都在暗示我來錯了地方。我被拒之於門外，但是門內的東西並不吸引我。

我不結婚也不繁殖，我棄權，這是對實用主義的背離。

25

穿越某個形上學的裂縫，小雞心進入我的世界。

離開那令人挫折的醫院，我在月色的邊緣散步整夜，心不在焉地回到家門口，杵在樓梯間找不到鑰匙，總算開了門，才發現身後堵著一個陌生男子。

「進門，脫掉妳的褲子。」

「先生，請問你有帶武器嗎?」這個色狼很倒楣，碰上我最不怕死的一天。

「妳說什麼?」他空蕩蕩的雙手不知要往哪裡擺。

「請問你有武器嗎?」他的四肢細瘦，身材也不比我高大。

「什麼?」

「假如你帶了武器，可以讓我看一下嗎?」

男人愣一愣，繼而重複一次，「進門，脫掉妳的褲子!」

「先生，」我說，「我今天很累，不想打架，假如你有刀有槍的話我馬上把褲子脫掉。」

他退了一步，空洞的眼中閃出麻木的火焰，指著我說，「妳養了小鬼，這裡有小鬼對不對？」

我並不想說「對」，卻聽見自己說了一聲對。而當我說對的時候，彷彿被自己感動還是嚇到似的，咳出一滴乾燥的淚。

「妳背後瞪著兩隻眼睛，」他恐懼地怒視著我，「妳背後，瞪著兩隻眼睛。」

「是我墮掉的小孩。」我的反應好快，彷彿小雞心眞的在我背後指導我。

「魔鬼，魔鬼……」他嘲自己的胸口低吼，絆著自己的腳步跌下幾格階梯，跑了。

回神過來以後，發現自己抖得厲害。我是被自己牙齒的碰撞聲弄醒的。

抬頭看見一張空洞的臉，覆蓋著一種雕像般的、冬的靜止。我花了四個心跳的時間，才認出自己，原來我面對的是自己鏡中的影子。

門已經上鎖，臉上的淚痕已經乾了，我想我已經安全了。

剛剛那一場驚嚇，簡直就像某種藝術體驗，某種治療。治療比震驚晚一點到來，但還是來了。

在一個比潛意識更陌生不安的空間裡，小雞心出面斡旋，保護我免於攻擊，也似乎，通過這無形的現身，小雞心跟死亡斡旋，結束了自己的死亡，然後轉化、出走，與我告別。

26

梨子爛了，還有下一個。
青春結束之後，還有青春。
拓普之後有浩肆。小雞心的下一個，還是一樣的形狀嗎？

27

小鬍子的診所七點才開，整日的細雨落成滂沱大雨，還是搭計程車吧。

出門前再照一次鏡子，多此一舉的再梳一次，我任性的頭髮。再怎麼梳也不會乖的，然而再怎麼不乖也還是挺好看的一頭黑髮當中，此刻，竟然，冒出一根白髮。彷彿今天早上還是前一秒鐘才冒出來的，自黑色的同類之中岔開、站立，像在發問又像在挨罰似的。明明是老化的象徵，卻又孤獨的落了單，反而顯得格外突兀、格外的桀驁不馴。

白髮想起了自己的年紀，三十一歲，不算老，也不算年輕了。卻還是沒學到教訓。

在發現那根白髮之前，白髮早已生成，只是我沒有看見。

初初遇見，覺得新奇，再看一眼，就懂得害怕。

（白髮可有嬰兒期？可有童年、青春期？）

世界還是一個樣，卻好像全變了樣，被一根白髮改變了。連玫瑰的味道聞起來，也多了哀傷的腥味。

沒時間了，再也沒有時間弄虛作假——我以一種新鮮的眼光憐惜著，我此生的第一根白髮，提著憂喜參半的心跳，進入我的白髮元年、白髮幼年——再怎麼來不及也要抵抗，抵抗這世上各種形色匆忙的、否定的力量，理性的力量。

人生再怎麼脆弱，總容得下幾次不大不小的風險，身體再怎麼怕痛，也容得下幾個傷口。所以我攔下這輛怪裡怪氣沒人搭理的破車，畢竟，用這麼爛的車來討生活的，往往是最需要錢的人。

28

認識浩肆的時候，我已經成爲一個，有過去的人。

相信死亡勝過相信愛情，同時，因爲相信死亡而更相信愛情。一切都不再簡單：我已然成爲一個困難的女生，而困難的女生今後，只能與困難的人，談困難的戀愛，冒著離開愛情的危險。

危險中我遇見浩肆，就像一個冷僻的字，遇見另一個麻煩的字，擦出新的意義，碰出新的聲音，意外地喪失或者回到本意，走進一個詩句裡。是的，我想跟他一起，走進屬於我們的一首詩裡，然後再怎麼懼怕也要鼓起勇氣、離開那些晶瑩無垢的詩句，踏進被現實汙染的時間，接受日常生活的侵襲。

雖然在這個階段，所謂「我們」，還是個令人生疑的代名詞。

我沒有告訴浩肆，沒告訴他我懷孕了。

因爲，假如他問我妳確定嗎，妳怎麼確定這是我的，我想我會非常傷心，並且爲他居然這樣看不起我而看不起他。然而，他這麼問是不值得奇怪的，畢竟我們只做過一次，而他也還沒愛上我啊。假如他過早地承擔了對我的罪責，我擔心我們之間僅有的信任，會在缺氧的玻璃罐裡悶到窒息，倒地變硬。

我必須非常小心，因爲我才剛剛墜入愛的海洋，被剝去了羽毛，露出脆弱的皮膚，禁不起最輕微的傷害。浩肆也一樣，一樣脆弱，禁不起猜忌懷疑的偷襲、與罪惡感的威脅。

我沒有告訴浩肆，沒告訴他我要去墮胎。畢竟這跟我對他的感情一樣，是我自己的事，何況他也還沒，還沒在我的CD架上挑出 **Billie Holiday**，爲了擺出若無其事的表情、反而顯得緊張兮兮地說，「這首歌，我放的這首歌，叫做〈Let's Do It, Let's Fall in Love〉。

還沒。還沒。我可以再等一等。

於是我再度一人，來到小鬍子診所。

這是我第二次墮胎。上一次是爲了結束，這一次是爲了開始。

爲了放過一個人，或得到一個人。誰教愛情就是這樣難免，難免成爲一場道德災難。

麻醉劑開始擴散，我閉上眼睛，感覺自己的身體墜落，墜落，墜入深淵，但深淵並不見底。這深不見底的墜落於是發生逆轉，成爲飄浮，成爲飛行，需要大量的肌肉平衡，與最好的智力、最準的直覺。

下一次，下一次再見到浩肆的時候，我決定跟他說說小雞心的故事。假如他靜靜地聆聽到最後，沒有嚇跑，並且用比上次更深的溫柔吻我，那麼，我想，我跟浩肆就會在一起了。

這是小雞心給我的遺產——以它的尺度，丈量戀人的品格與風度。

唉，我這個沒用的媽媽，還需要你們多多照顧呢。

與男友的前女友密談

書書：

我知道妳的名字不叫書書，不是書本的書，但是我寧願將錯就錯，叫妳書書。將妳錯以爲書書，對妳對我或許都是，一個舒適的誤會。就當這封信搞錯了對象，寄錯了地方，情敵的書信本該備受冷落、猜疑，不求認可。假如我不打算低頭認罪，就不能怪妳將我所說的話，當作狡猾的自辯、做作的慈悲、得意的謊言。

世人說第三者的自白，理當被語言遺棄，流放於書寫的系統之外。所以我沒有資格，沒資格說話。尤其沒有資格，在妳的痛苦上插嘴。

但是書書，我偏偏要不客氣的說：我有資格，有資格對妳的痛苦發言——既然妳以妳的痛苦定義了我，定義了「我們」，定義了拓普跟我。

（請不要急著貶低「我們」這個詞，「我們」的存在並不會消滅「你們」，妳的「我們」，屬於妳跟拓普的「我們」。尤其，我理想中的「我們」與拓普想要的並不一致，正如妳的「我們」與拓普的也不相同；故而，妳所謂的「你們」以及妳眼中的我，與我並不相干。所以，我認爲妳沒有資格說我，只是一塊方便的肉。）

我說我有發言權，因爲我也玩過大風吹：

大風吹，

吹什麼？

吹，剛在燭光下用過晚餐的人。

吹，密謀著一趟小旅行的人。

不敢承認自己快樂的人。

撒謊的人。

兩張椅子三個人。我起步，觀望，搶位子。卻見眼前的兩人滑過彼此，互換座位，很有默契似的，幾乎不需要移動。

幾局遊戲結束，站著的人始終是我。我恨不公平不公平，為何不跟我密謀一趟可愛的旅行！我枯站著，搶不到位子，成為一個多餘的人。一個失戀的、單戀的、苦戀的，第三人。

書書，我曾經占有妳所在的那個位置，元配的位置，女朋友的位置。也曾像妳一樣，自那個位置滑落出來，變成沒有位置的第三人。所以我了解妳。

我記得那些昨日，當愛情還很年輕，INGI去台東當兵，我沒給他任何承諾。我不必發誓就知道自己不會變心。每個禮拜都飛去看他，打工的薪水全部拿去買機票開房間。開房間只為獨處不為打砲，INGI被操得整個人都乾掉了，荒木般的身體裹著爛旅館潮濕的被單，說：「可不可以抱一抱就好。」

總有那種週末必須上班的時日，換INGI來台北看我。那一天，我忙到晚上九點，心裡不免預想著：INGI在濕冷的台北街頭流浪，虛費掉整個假日，倘若他遷怒於我，也應該得到原諒。又想到：在我們僅剩的這個夜晚過後，INGI就要轉去離島了，假如今晚他顯得有點急躁、自私，就把它當作某種暫時性的失調混亂吧。

兵役將男人變回野獸，將愛人變成餓鬼笨鬼自私鬼——我爲自己打了預防針，裝備了成熟的疏離感，趕赴 INGI 所在的房間。一見他我就笑了，因爲他笑得一派天眞，找不到一絲絲假藏在表皮底下的慍怒。他說，「妳沒空的時候，正好逛街幫妳挑禮物」，接著說起消失的磚樓、櫥窗中提前綻放的春季、被時尚誤解的西門町……，那興高采烈的神情，彷彿宣告著：別擔心，我晃得可高興呢。

燈光暗下以後，除了 INGI 送的手鍊我什麼也沒穿，躲進 INGI 斑痕累累的掌心，消磨掉最長最溫柔的一個夜晚，彷彿他有用不完的時間，可以大把大把奉送，又好像這是他僅存的、最後幾個小時，於是一分鐘、一分鐘、慢慢地、慢慢地花。

那樣一個冬雨綿綿的夜晚，於今已成爲過去，但過去的從來不死，附著在 INGI 送我的那條手鍊裡面。退伍後 INGI 與我共度了一千七百多個同居的日子，然後無可避免的愛上另一個新的女生。那條鍊子隨即失蹤，被我藏在某個連記憶都找不到的角落。忍受分離的辦法只有忘卻，遺忘成爲生存下去的唯一條件。只不過，人間並不存在眞實的遺忘，當我學著忘記 INGI，便記起他不要我了，並且一再重複地想念起曾經，他是怎麼渴望我的。

我的好朋友小箱，一個不斷在失戀與熱戀中循環的女生，幾乎是哭著問我：連妳跟 INGI 都散了，還有誰能不散？能不能把 INGI 搶回來，爲我保留一點信念？

我說不能，不可能。這一切無關乎選擇（因此是努力不得的），只能承受。愛情會衰老、發臭，然後腐爛變質，跟人生一樣，所謂「成—住—壞—空」。住久了，總要壞的。房子是這樣，供靈魂棲居的肉身是這樣，愛情也是。當愛情發現自己的居所淤滿了穢物、溢出有毒的沼氣，爲了存活它只能搬家，遷入另一對新的肉體、新的關係。愛情並非寡恩薄倖，它只是本能的求取生存，而生存的意思是：不斷將任何會趨向死亡的東西，排除到自身之外。

我說小箱啊，我們別無選擇，只能承受。等到哪天我們覺得受夠了，再也受不了愛情，也許就去結婚，把愛情馴化成親情。那些三十歲以後新談上的戀愛，往往沒愛幾個月就結婚了。時候到了，爸媽老了，自己也累了，懶得再花力氣跟愛情搏鬥。工運者娶了美食專家，安那其嫁給電視名嘴，婦運者變成家庭主婦，就連妖氣淋漓的漂婆，也穿上旗袍扮媳婦，更別說那帥到令人眼睛發痛的T，竟然跟一個金控小開辦了婚禮。

那些叛逆的男孩，我們的前男友們，曾經意氣風發、揚言只當戀人不當丈夫的，一個接著一個辦了婚禮，有的都當爸爸了。他們跟體制終歸要和好的。

留下我們幾個，硬著頭皮不肯戴上婚紗的，三十好幾的女人，我、小箱、或許還包括書書妳——我們要去哪裡遇見一個清清白白的人，談一場乾乾淨淨的戀愛？（要想談戀愛，就不能太要臉。）就像小箱說的：遇見一個「只有」女朋友的，就算非常、非常幸運了。太幸運了，免不了偷偷摸摸，以免招來妒恨。

所以書書，原諒我實話實說：我對拓普的感情光明正大，毫無羞恥可言。假如我對妳懷有歉疚，那也是我個人的事。我「自己」的事，只與我一人相干，與我的自我相干。我拿來刁難自己的倫理命題，與妳無關。

有好長一段時間，我對INGI始終難以忘情，他結婚的那個月，我還撂了一票兄弟打算去搶新郎呢。直到去年，我依舊踮著腳尖，徘徊在他的生活邊邊，偷偷摸摸，東張西望。諷刺的是假如我成功了，一如小箱所期望的那樣，把INGI搶了回來，我便順理成章的犯了法，成爲第三者、通姦者。——這便是體制的力量，命名的力量。體制對愛的同情（或者容忍）並不太多，不會多於對身分（太太、元配）的承諾。

剩下的便是自我管理，管理自己的失落感。我給自己的思考練習包括：人的一生總要心碎一次的，十七歲的那次太淺，二十歲的那次太假，四十歲又怕太痛，三十歲或許正好。一個人活到三十歲還如此天眞，沒嘗過失戀的滋味，是可恥的。

又強逼自己相信：眼前的結論（由我失戀於INGI而非由INGI失戀於我）是比較符合心理衛生的。INGI被女生甩過不只一次，總該輪到他甩掉別人。我的INGI從來就不是一個自信滿滿的人，假如是由我跟別人跑了，只怕他會被失敗感一口一口咬壞，就像患了慢性病似的，墮落成一個酸腐、苦澀，滿口嘲諷的臭中年。而我是這樣一個自傲的人，自傲到無法容許自己的前男友，變成一個自卑、醜陋，不愛亦不值得愛的，憤世者。

是以書書，我拒絕接受妳的憤怒，妳憤世嫉俗的偏見。拒絕妳藉由我的髮型與裝扮、我那些女同事們的流言，來臆測我的人格。——八卦婦人對女人的評價，就像保守派發出的政治警告，不可信。

也許這封信的目的，就是爲了不讓妳看輕，爲了爭取妳的尊重。

假如妳繼續看輕我，對我跟拓普的愛情不存有一絲敬意，就會繼續放任自己，藉自殘以殘害拓普，將他禁閉於妳的疆土——以罪惡感的毒汁漆塗。

我還記得某個 INGI 與我共同的朋友，一個憂鬱的外科醫師，總是剃著光頭，用力吸著一根濃得化不開的中國雲菸，永遠睡不飽的樣子。那天清晨，他剛從開刀檯上救回一個半死的人，一身沾血的白袍，累得快要抽筋的胃，一邊吸菸一邊咳嗽，搖著頭說，「笨哪，INGI 這小子，stupid，妳見過嗎？見過他那個女朋友嗎？」我搖搖頭，沒見過，但是我聽說了：四十歲，離過婚，「而且長得很抱歉」，光頭醫師憂鬱地說。——那似乎是一種令人失望的、情敵的形象，一出場便沒收了妳的競爭心。

INGI 身邊那幾個，充滿義氣的朋友們，每每在我面前端出一盤一盤的壞話，療養我受傷的自尊：

「只是在餐廳不小心遇見而已，她就堅持幫我付帳，我都還不認識她呢！」

「可見她侵略性有多強。」

「一路撒尿圈地，認朋友認親戚的，根本就是缺乏安全感。」

出乎意料的是，當我聽著那些對 INGI 新女友的批評，竟感覺自己也受到侮辱：假如我需要藉著貶低情敵來抬高自己，確保自己的高度，那不就證明我是欠缺高度的？如此，貶低她等於貶低了我。於是急於為她辯護：「愛一個人愛到連他的朋友也愛，也渴望得到他朋友的愛，有什麼不對？」——可見失戀的人有多麼、多麼需要讚美（而不是同情）啊！連情敵的那份都算在自己頭上，小心捍衛著。

（那些日子裡的某一天，我在住家附近遇見一個陌生男子，他騎著腳踏車，眼光凌厲的追上我，在我身邊緩緩繞圈，然後以某種堅定的語氣對我大聲說道：「小姐，妳眞是太漂亮了。」多麼美好的陌生人啊，一句輕輕鬆鬆的過路話，抵過十句朋黨的義憤，爲我省下好幾百滴的眼淚。

幾天之後，我在便利商店再度遇見了他，緊張得怕他認出我，又怕他認不出我。

他的表情藏在眼睛裡面，像一棟很深很深的屋子，不見光，不見底，自盡頭浮出空洞的黑暗。他冷冷地望著熟食區，帶著觀賞的距離，彷彿他眼前陳列的並非飯糰、便當、三明治，而是大片大片的草原，其上有風、有雨、有彩虹，還有蹦蹦跳跳的山羊。我伸手抓起一個飯糰，與他四目相對。他眨了眨眼，沖刷掉眼中的黑暗，然而遞補上來的還是黑暗。

他面無表情，對我絲毫、沒有、一點感應。

我失望極了。原來他稱讚我的時候，根本就在發神經。

其後我花了一粒飯糰的時間，把我的懷疑慢慢嚼完，做了決定，決定相信陌生男子的瘋言瘋語。——不都說，所謂的神經病，往往是，不顧禮節講出眞話的人嗎？——我需要讚美，我說了算。）

其實我眞是欣賞 INGI，對女人毫無品味，對女人味無所偏執。唯他有此能耐，把一個「四十歲離過婚、長得有點抱歉」的女人變成我的情敵。對 INGI 來說，沒有哪個女人是一定美麗或不美麗的，在這樣一個盛產假激進與冒牌貨的時代，他是一個眞正的詩人（不寫詩的詩人），可以跟九十公斤的胖子接吻，也可以跟變性人約會。

書書，我知道妳不喜歡我，直覺我這種類型的女人不值得信任。然而我寫下的這些話語就算，就算只證明了語言的徒費，我依舊要盡我的責任，一個戀人的責任，爲自己的愛情爭取尊嚴。而這，需要一種無禮的勇氣。無禮的道德勇氣。

我的另一個老朋友「酷子」曾經問我，問我對拓普的感情是否，帶有救贖的性質。

「救贖？救誰贖誰？」我問。

「救他呀，救拓普。」酷子之所以這麼說，是因爲我總在陳述拓普的痛苦。

「沒有，」我告訴酷子，我沒想要救贖誰，「我並不是一個好女人。」

更何況，救贖是關乎自己的，誰也無法救贖別人。

書書，我不是一個好女人。相信離開，不信任等待。勸離不勸合，勸酒不勸架。酒神戴奧尼索斯的女學生，狂歡中認不出自己的兒子，錯殺並撕爛自己的骨肉，斷送了男性的血脈。

書書，我不是好女人。妳也不是。這世上根本沒有那種女人，所以每個女人都在作假，這不存在的女人因此無所不在。

妳說失去拓普會活不下去，我不信。妳說妳願意爲他去死，我不信。妳吃藥割腕，我還是不信。我說自欺是邪惡的，而愛的道德化，是爲了讓邪惡進來。像妳這樣堅守癡情，在拓普的反對下犧牲，是最最陰險的暴力。這陰險並非來自於妳，於是連妳也遭到它的蒙蔽。

妳就這樣留在原地，閉著眼睛尋找，尋找自己苦苦留在原地的理由。於是拓普不會離開。

身爲被妳獻身、指定的主人，他不是一個自由的人。

只是，妳的自殘既已導致拓普的自殘，我就無法將自己排除在外。讓我重複一次：我在盡我的職責，戀人的職責，我願意對拓普負起責任，因而也享有感傷的權利：有沒有那樣一個空間，一個屬於情書或遺書的空間，容許第三者對元配咆哮：夠了吧！妳這自苦的鬼魅，收起妳愛的律法，少在我面前玩弄傷痛，叫嚷妳的苦難，將妳的庸俗（以及，對庸俗的不滿與恐懼）強加在我身上！

我渴望帶著拓普逃離妳的情感統治，爭取自由，傾覆舊的界碑、舊的誓詞，進入一個掃除了罪惡感的、新的樂園。假如我來得太早（妳知道，遠足的小孩總是起得特別早的），樂園還不打算開門，那我就站在門口等，等那抓緊鑰匙的手鬆開，把鑰匙放出來。

在樂園開門之前，我只能先放開拓普，讓他回到（前）女友身邊。妳的身邊。

決定分手的那一刻，我遇見此生最接近救贖的時刻，忘我的時刻。忘記自己的利益，只愛他人，只愛他。我記得那決定性的一刻，天空寂靜而透明，滿月漲得快要溢出來，夕陽騎著雁群跌進淡水河，河面上的一個釣客，撈起一隻落難的小雁，抬手放生。

救贖的時刻。放棄自我的時刻。將自我從平庸的掌握當中贖回來。雖則只是暫時的、暫時的救贖。

拓普身上是有那麼一種質素，令我不再願意忍受自己的弱點，那些已經被我原諒縱容了十年二十年的、人性的不良裝備。彷彿喝下一滴來自遠方的、比夢更藍更純潔的水，我失去了理性與計算，寧願讓自己的利益遭受損害。寧願，被美好的事物傷害。

幾天後我夢見，夢見自己還沒學會呼吸，腹中的胎兒卻已足月，即將出世。我很緊張，卻不害怕，新鮮地興奮著。一個人，孤獨的，練習怎麼呼吸怎麼分娩，才練習幾下，寶寶就掉出來了。奇怪怎麼一點痛都沒有。寶寶完整健康，彷彿我天生就是一座完美的，分娩機器。

我自行解夢，決定了夢的意義，以便將自己安頓在自己所選擇的意義當中，不後悔，不害怕。即使想念拓普想到兩天無法入睡以致心室震顫，每分鐘心跳兩百七十以致無法走路吃飯，我依然不覺得害怕。

我想打電話給拓普，向他撒嬌，說我病了。電話拿起、放下、撥號、放下，再拿起、放下、撥號、再放下……我始終沒讓電話接通，於是去買了一份蛋糕，慶祝自己居然忍了下來，也祝自己生日快樂。只要想到能爲他省下任何一個自殘的動機，我就能忍住不說，不打電話。乖乖吃藥，睡覺，讓自己健康。

幾天前，我寄了一份禮物給 INGI。一個老朋友繞著圈子告訴我，他的太太懷孕了。INGI 顯然已收到禮物，卻沒跟我道謝。當我跟小箱提起這件事，才發現自己，對 INGI 的這種沒有禮貌，竟感覺到一種親暱，彷彿在向我抱怨爲何久久都不理他似的。

這份懸掛在遺忘邊緣的、愛的記憶，靈媒般以其盲目的精準，將過去的一段殘片裁切下來，回到與 INGI 分手之前，那些，依舊相愛的日子，爲的不是感嘆彼此何以無法繼續堅守在一起，反而是，看清我們何以不得不分開。

在記憶的殘片中，我聞見新買的洗髮精，發出清甜的花草香，聽見INGI的刮鬍刀，滑進臉盆的凹槽裡。浴室的門關了又開，白色的水氣蒸散出來，INGI咬著牙刷倚著門，說起一則辦公室笑話。我試著專心聽他講話，卻一再分心看著門把上垂掛的、一件微濕的浴袍：到底要再穿一次，還是丟洗衣機呢？也許再撐半年，還是換件新的？——一個平淡無奇的畫面，豈止沒發生大事，簡直什麼事也沒有發生，除了淋浴間的幾塊壁磚，裂縫上的霉菌已經發黑，活躍著死亡般靜止的腐敗，日常性的腐敗。

反對分手的人會說，這不過是回憶而已，一個選擇性的殘片，並非故事的全貌。然則不安的戀人會說，這彷彿什麼也沒說的一個片段，說的正是「沒什麼可說的」這一主題。就像一個鬱結的夏日，打了整個下午的悶雷，沒有一滴雨水。

時間忽快忽慢，走到某個一點也不突然的日子，浴袍醒了，站起來，在窗前逗留一陣，決定離家出走，去尋找一個把它當作寶貝的人。最初妳並不當眞，因為它夜裡總會回家，直到它眞的變成別人的寶貝，也把別人當作寶貝。

嫉妒展現了唯嫉妒才有的爆發力，化作巨大的激情。妳大哭大鬧申辯著，那些看似死去的其實並未死去，就像癱瘓的手還會流血，瞎掉的眼睛依舊會哭。但是浴袍甩甩袖子，滴著水，說：愛情啞了就是啞了，它得了癡呆症，難道妳沒有發現，我們之間的所有談論，只剩下封閉迴路般循環不止的追問，追問愛情哪裡去了，追問它為何這也忘了那也忘了。——該死的終究難逃一死，就像我昏迷不醒的姨婆，病到腦袋開花、失去知覺、失去生命，還是得死。

當我們討論分手，我問 INGI 要怎樣，怎樣才叫分手。難道一輩子不見不再喝咖啡嗎？

我猜想分手就是，INGI 說，不再享受特權。收回專供對方享用的特權，並且，將對方給的特權一一歸還。沒有非回不可的電話、不看不行的電影、不吃不可的晚餐。不再有非見不可的人、非說不可的話、非吵不可的架。

將特權收回來，不再送妳 INGI coupon。上面載明的服務項目包括：親手料理一頓早餐、睡前按摩半個小時、腰部以上親吻至無法再承受爲止。以上優惠一次僅限一項，一項僅限一次，有效期限至本月底止。

收回特權，收回時間。把「我們」的時間還原成你的時間、我的時間。

時間變成自己的，但是身體還沒，還沒回到自己。它來不及消化這突如其來的分離、這些理性的約定。身體太誠實了，不擅長遺忘。皮膚尤其記得，皮膚什麼都記得：戀人的目光，停在脖子上的緊繃感；指甲劃過肚皮，有什麼東西像水一樣盪開來；頑皮的睫毛擦過臉頰；遺留在耳垂上的，話語的重量感……記憶要怎麼剝除？當它如此用力不捨地、吸吮著皮膚。那剝皮般的疼痛彷彿燒灼，連洗澡時滑過的水的觸感，也變得不一樣了。

書書，妳一定可以體會我的感受。體會當時，我對 INGI 的思念。體會當下，我對拓普的思念。妳之有能力體會我，就像我有能力體會妳一樣。我穿戴過妳的皮膚，妳的感傷，我占據過女朋友的座位，駕駛座旁的座位。我既是妳也是她，那個把 INGI 從我手中帶走的人。有一天妳也會變成我的，有一天。變成，將拓普放開的人。變成，另一個元配的敵手。——但現在還不是時候，我知道。

時間變成自己的，但身體還沒回到自己。於是時間遲了，變得很遲、很遲。簡直凌遲。恍如喪親者滴落於屍身的淚，一滴一次燒灼，拖住靈魂離開的速度、遺忘的腳步。妳我瘋狂寫信打電話，INGI 拓普不是沒有回音就是回錯了音階，那謹愼的、有所保留的低音，隱晦地，向妳我揭露了他的新世界，剔除了妳我的世界。妳我錯位的高音，在 INGI 拓普的沉默中持續走音、變調，淪爲神經兮兮的獨白，得不到確認，也得不到更正。愛人在無言中（經由想像力的雕塑）漸漸漸漸漸變了樣，變得奇怪、難解，變成局外人。妳我不認識的，陌生人。

書書，妳一定也經歷過這樣的夜晚：

打電話找他，沒接。再一通，沒接。於是非得再打第三通。有三就有四，有四就有五。手機暫不接聽，家裡電話空響，已經凌晨兩點，戶外下著大雨。嫉妒開始撒野，像一隻醉醺醺的鬥雞，充滿想像力。妳每隔五分鐘檢查一次自己的電話，怕它壞了，打電話給自己，確保線路正常。打了十次障礙台，確認他家的電話並沒有壞，撥了六十通手機，不確定他是關機還是不想接。妳不相信他獨自一人，只是在睡。安眠藥拿來，把自己餵暈算了，謀殺這怎麼也過不下去的時間，偏偏時間怎麼也餵不死，妳依舊聽見浴室的水管裡，有寂靜的咕嚕聲，附近誰養的那隻狗又在叫了，嗷嗷嗚嗚，分不清是發情還是得了癌症。她一定正在吻他的臉，而他也正輕輕咬著她的吻。妳無法呼吸，感覺這屋子用力把空氣吸光，憋著不吐出來。假如她眞的很醜，那她的身體一定美呆了。妳的皮膚在痛、骨頭在痛，妳的整個生命都在高溫裡焚燒。妳是米敵亞親手爲情敵縫製了一件有毒的袍，卻在害死對方之前先把自己燒得體無完膚。自午夜焦灼到天明，分不清這無意義的清醒，是爲了阻止自己的恐懼成眞，還是爲了證明，自己害怕的事早已發生。妳已經大哭三回，小哭七回，一秒鐘都熬不下去，熬不下去了。於是在凌晨四點的街頭攔車，自淡水河越過基隆河，踩碎雨後安靜的露珠，用力拍醒他的家門。他揉著眼說昨晚很早入睡，妳不信，哭鬧著要一個證明。妳強行進入他家，在浴室撞見一個女人，好，很好，妳總算親眼見到自己的情敵，驚訝她長得出奇的醜。妳瞪著她，瞪著她浮腫而狹窄的、猜忌的眼睛。她跟妳同時開口，說同一句話。妳瞥見她的手腕上，也割了一道一道自殘的疤。然而這一切還不足以讓妳認清，認清妳眼前的敵人就是自己。妳對著鏡子繼續猜疑，不敢相信自己已經，已經變成，自己所鄙視的那種人。然而早在這天之前，妳已偷偷翻過他的筆記，潛入他的手機簡訊，試圖闖入他的電子信箱並且失望的發現，所有妳以爲有意義的符號，妳的名字，妳的星座，妳給他的姓，所有關於妳的數據，包括妳的生日、電話、掛在網上的火星情話，全都不是通往他的密碼。

是的我再也找不到INGI了。最親的人變成陌生人，變成別人。別人的戀人。我驅趕著陌生的自己，徘徊於陌路，巡視陌生的車潮，明知不可能卻還是妄想著，在來來去去的車流中認出心愛的車號，截獲INGI的消息。回到家，二十四小時不斷的電視新聞彷佛劣質毒品免費供應。沒有一台像樣的，卻不斷切換遙控器，張著渙散的眼睛，盯著電視一小時、兩小時、三小時，直到過了四個小時，才發現，原來，我在搜尋車禍的消息。

我究竟是害怕 INGI 出事，還是希望看見他死？——誰不曾想像死去自己最愛的人？又有誰敢於承認，這想像底下，其實暗藏了期待？

至愛的死亡，意味著我們不敢要的自由。假如 INGI 死了，我就能夠免除一切痛苦的忘卻，不是忘記他，而是，與她在一起的他。我心底上演的這齣殺人電影，情敵的戲分比愛人更多。我想著情敵的時間，比想念愛人更多。忙於嫉妒，無從分心於愛。

事後只覺得恐怖。恐怖。那瘋狂墜落，不擇手段。像是得了熱病，彷彿中邪。INGI 反而不以爲怪，他說，中學時動過一場手術，被押在床上一動都不准動，但身體感知的盡是疼痛，疼痛自己會動。躁動，盲動，蠢動，亂動。理性再怎麼規勸身體，愈動愈是惡化傷口，痛苦的身體還是要動。痛苦自有其生命力。

那些皮開肉綻的燒燙傷患，哪個不是痛得動來動去的？——INGI 安慰我。

而且拉屎拉尿，失聲吶喊。我說。

滿口詛咒，罵髒話。

每個人都一樣。輕微的頭痛還忍得住，頭痛欲裂就一定要拿頭去撞牆。還有，我經痛最厲害的那次，眞的，在騎樓下公然滾來滾去，搥打牆壁跺地板，滿嘴幹你娘。

身體發痛是這樣，心痛也是。

所以書書，我想我是了解妳的。那些詭譎殘忍的行徑。連自己都不敢承認的、令自己蒙羞的言行。個人精神史上的最大暴動，爲了抵抗痛苦。妳自殺未遂，自汙泥般混濁的睡眠中醒來，所做的第一個解釋，就是：我這樣，不是爲了要脅任何人。

我相信妳。書書。

妳做的那些事我都做過。我就是妳。我也曾穿著清瘦的憂鬱，自我雕塑一般，纖纖毫毫的感官都記錄著情緒的苦難，就像在爬蟲類的翅膀上，進行最精緻的雕刻。多麼華麗的、痛苦的巴洛克，幾乎要令自己驕傲起來了。好比一件觀念藝術，一場行動劇。以自己爲作品。

連美麗的春色都浸入痛苦，連無垢的天色都可以激怒回憶，讓回憶活潑起來。就像埋在地底的、半死的球莖，硬是被春雨自冬眠中澆醒，求死不成，還被迫繼續發芽。努力忘卻，卻經常自忘卻中醒來。

我想起一個春日午後，躺在剛發芽的鬱金香花田裡，像所有發蠢的戀人一樣，賴著 INGI 問道，「喜歡我的眼睛多，還是我的嘴唇多？」INGI 像所有發蠢的戀人一樣回答，都喜歡。蠢戀人當然要表示不滿：「沒誠意，一定要選一樣。」另一個蠢蛋只好選一樣，眼睛。

爲什麼？

不爲什麼。此刻我喜歡妳的眼睛。

那嘴巴呢？什麼時候喜歡我的嘴巴？

現在，現在我喜歡妳的嘴巴。

騙子，你剛剛說的明明是眼睛。

那不一樣啊，INGI 說，是不一樣的兩個現在。

不同時的兩個現在。就算只差半秒。

愈蠢愈可愛的回憶，難忘至令人筋疲力竭。就像某個英倫笑話：老太太A遇見老太太B，告訴她：昨晚我一夜沒睡，累死了。B問爲什麼。A說爲了埋葬一隻貓。B問葬一隻貓要多久。A說光是爲了讓牠入土，就花了四個小時。B問爲何要這麼久，A說：因爲牠一直在動。

我想把這段回憶埋掉。但是它一直在動。

死不了 INGI，死不了回憶。書書我跟妳一樣，轉而動手殺自己。喝酒喝到爛醉，爲了忘記。吃藥吃到昏迷，爲了忘記。跳舞跳到意識飛離。流血流到脈搏變低。排除意識，排除時間，排除自己。我爬上公寓樓頂，想像自己飛墜而下、粉身碎骨，一陣大雨忽而落下，有個男孩上樓搶救剛洗淨的床單。男孩笑嘻嘻的，像是受了媽媽的派遣。他的動作緩慢而凌亂，是個智障。

我兀自張開身體，迎接暴雨，像任何絕望的人，享受最美的東西。卻在強風竊走床單的瞬間，出手幫了男孩一把。男孩對我沒有感謝、沒有意見、沒有同情，只在離去前匆匆問我：阿姨，你覺得劍齒虎跟長毛象，哪一個比較厲害？

我噗嗤一笑，覺得好多了，跟雨水一樣好。就在剛剛，一個瑣碎的笑料瞬間占據了我的心靈，把原本壓在心頭的東西推開。我意識到自己並不想死，我只是想要忘記，想要忘記 INGI 而已。

那些執拗的、對「遺忘」的追求，一路奔向極端，化作尋死的念頭（自盡，自盡，走向自我的終結），卻在一個小男孩無心的鬧場之下，輕易就被打散了。像刺青貼紙一樣遇水即溶，禁不起考驗。

我濕答答離開頂樓，踩著階梯向下，回到地面，在樓梯間聽見一扇扇門內的聲音，家庭的聲音。小朋友的嬉鬧，廚房忙碌的轟鳴，電視機裡的爭吵，垃圾袋的欷歔。我就這樣踏著濕重的步伐，路過一個個尋常人家不幸的幸福生活，自記憶的廢墟中撿回一個末日場景，我與INGI的末日場景，求婚的場景：因爲害怕失去他，我在KTV裡一邊握著麥克風唱芭樂情歌，一邊湊在他的耳邊說：我要跟你結婚。

但是INGI不想。

跟我結婚妳就不是妳了。INGI說，妳這人可愛之處，跟妳對婚姻的反對絕對有關。

那你爲什麼要跟她結婚？

因爲她是個喜歡結婚的人。

你不肯跟我結婚，卻要去跟一個結過婚的人再結一次婚？

對，愛妳的時候我是個不婚者，愛她的時候我想結婚。INGI說，不同的人建立不同的關係，不同的關係需要不同的容器。

但是我現在想要跟你結婚。我說。

才不呢，妳不會想結婚的。INGI說，假如我讓妳嫁給我，有一天妳會恨我的。

INGI告訴我，他渴望跟一個不同的人，開始不一樣的生活。理由是，我們彼此對生活的想像，已經到了盡頭，連同我們的關係，也走到了可能性的盡頭。所以，INGI說，「我想跟她在一起」，跟未知與可能性在一起。

我說你會後悔的，INGI，婚姻只能將人投向平庸，投向世俗化的平庸而已。

但是 INGI 不管。他說，讓我試試看。

我不是不知道，要摧毀一份遠在未來的幸福、還沒到來的幸福，跟摧毀一個「不在」的存在一樣不可能。那份等待中的、對新生活的願望，就像埋在地底的一座古城，躺在書籍、傳說，與人類的想像之中。完整，美麗，充滿故事與可能性。就連疫病與戰爭，都充滿了魅力。——一個你不曾去過的遠方，承載了一段彷彿失而復得、因此不甘於放棄的、美好的時光。

我說你會後悔的，INGI。想想龐貝古城的命運。埋在地底的古城一旦掘出地表，由傳說證明爲史實，體現爲歷史的肉身，就一路邁向死亡。失去保護、失去想像力的遮蔽，接受陽光的曝曬、強風的侵蝕、時間的摧殘。

但是 INGI 自有堅持：妳就讓我去吧，讓我去做我可能終究要後悔的事。

雖說實現願望就是破壞願望，但渴望的人依舊抵抗不了它美麗的召喚。生活抗拒這種清晰，它拒絕被理性壓垮。

離開大雨傾盆的公寓，走入破布般濁重的雨幕，眼睛濕得打不開，心底卻是一片澄明：我想起當時，之所以痛下決心與 INGI 分手，正是因爲，假如我們繼續在一起，日子不會更好，於是我們將用下半輩子斤斤計較，計算著自己的犧牲。所有美好的都將化爲醜陋，這醜陋還會逆著時間的河，回溯至上游、至清澈的水源地，像重金屬毒死整條河流，將過去的回憶全部汙染，連初戀的瞬間也無從倖免。

最好的地方，是還沒去過的地方。最好的時光，是回不來的時光。而我們能做的，僅僅剩下，將過去好好保存下來。

爲了保護記憶、保護愛情，不讓它被未來的重力毀傷，我跟 INGI 除了分手，別無選擇。畢竟人生到死，所得的，唯僅回憶，唯僅回憶而已。

雨後的天空晴藍，一棵樹站在路邊，樹頂開著藍色的花。很奇怪的花。

那藍色不是來自天上，不屬於任何天藍，卻也不像天地之間，任何一種人間的藍。那種藍色彷彿來自海底，彷彿液體，以一種超自然的力量自然地凝合、凍止。取消重力，不墜，不散。那不是花朵該有的顏色，是人間不該有的絕色。

絕色處決了眼前所有的顏色，將其他的景物驅退到我的視線之外。我把眼睛閉起來，試著看清楚一點，尋覓著其他的物事，弄清自己的方向與位置，從而發現自己，其實是在作夢。原來現實中並沒有這樣一棵樹、這樣一種花、這樣一種顏色。

一陣感傷襲來：「我正在作夢」此一知覺，像一把從現實遞來的手術刀，割開夢的薄膜，將我擋在自己的夢境之外。

然而夢裡的絕色不爲所動，執拗地抵抗現實。海藍的花朵在現實的逼視底下綻然盛開，成色瞬間加深，變得更飽更藍更濕潤，大水般塡進我的眼瞳。於是我知道了：倘若少了現實的干預，我將無從明白這些花，原來，只爲我而不爲眾人綻放。

假如它們是「眞的」，在現實的土壤扎根，就會「眞的」佇立於街頭，供眾人分享。一旦它們只現身於我的夢境，就只能給我一人，彷彿有誰特地爲我訂了花束，專程從海底快遞上來，獨獨奉獻給我，不容我拒絕。

我從自己的夢裡走出來，彷彿走進自己的另一生，將自己釋放到雨後清涼的黃昏，決定留下來，留下記憶，留在生命這邊，並且靠著這些記憶存活下來。儘管街角的空氣依然陳舊、月亮也依舊老得生鏽，冥冥中還是有個「什麼」，對我好慷慨好溫柔。

書書，我可以把這個夢送給妳嗎？雖然我至今仍無法用文字堆疊那些花的高度，堆砌它的美麗，但我記得那個美夢，令所有的現實、悲傷，都變得可以忍受了。——我尤其學會忍受的，包括愛的平庸，自己的平庸，以及，這個不斷將人推向平庸的世界。

假如沒有那場夢，此時此刻清醒地忍受現實的我就不存在。沒有當時當刻的我，此時此地的我便不存在。就好像，沒有那個「爲了保護與 INGI 的記憶」而決心分手的我，另一個苦於遺忘的我也彷彿並不存在。我必須記起，記起，記起那下定決心的時刻，才能受得了這些記憶，受得了自己。才能夠試著接受，所謂愛情，通常與幸福並無關聯。於是（像某個已經死離的人告訴我的）不再奢望神的恩典、或時間摧折不了的幸福，只求能夠生活到，願意再活一次的程度。

真相一種

外婆，妳終於死了。

終於。

我終於徹底遺棄了妳。

妳不會知道，我第一個愛人就是妳。五歲那年，摸著電視螢幕陪小甜甜爲安東尼送終，才知道人竟然會死。

那外婆呢？外婆也會死嗎？

恐懼化作一碟熱油，淋過我的喉管，我像童話中的人魚突然失去了聲音，含著一口吐不出的問題：外婆呢？外婆也會死嗎？

在失去妳的恐懼中，我意外發現胸口有東西在跳。我聽見自己的心音，發現自己的心臟，它撲撲鼓翅，搧動我的淚腺。我是這樣流出一種陌生的淚——不是來自空蕩的胃腸、嬰孩索食的啼哭，也不是來自擦傷的皮肉、出血怕痛的驚慌。原來，從心底流出的淚，是如此安安靜靜的兩行。

死神闖進童話，閃現神祕而嚴厲的側臉，拋下一截愛的輪廓。在愛的輪廓中，我看見妳，怎料多年以後竟然，暗中呼喚死神之名，請祂將妳帶走。

妳是我接納的第一個死人。我沒有接納爺爺，也沒有接納那個以紅色的亂筆狂寫「我愛妳我愛妳我愛妳」隨後就車禍昏迷的男孩。他和他的遺容，十一歲與十九歲的我都拒絕觀看。因爲我不愛他們。

但是我愛妳，所以我注視妳。注視，爲了記憶。注視妳停止呼吸的鼻孔冒出血，活的血。看妳蜷曲的小腿浮出斑塊，宣告肉體正在腐敗。第一次，我親吻並擁抱死人，爲死人脫衣穿衣，手指黏滿皮屑和血水，耳膜劃過一道道刮痕——是妳脆薄的骨頭、在硬化的屍身內、悄悄斷裂的聲音。

衣服是十八年前爲舅舅婚禮訂做的旗袍，焰色的紅絲絨，綴了點點金蔥，喧嚷著過時的歡樂。我們把過去套在妳身上，將美麗還給妳，儘管妳早已棄絕美麗，把人生讓渡給醜陋，儘管這禮服像一串時態錯亂的句子，改寫不了妳的憂鬱。

撥開記憶的皺褶，我們揀取妳此生最得意的一片風景，掩蓋妳的憂鬱，像掩蓋一樁罪行。

卸下尿布，忘了準備替換的內褲。

穿鞋，不能露出腳趾，只好捨棄妳習慣的款式。

腳脹得塞不下，就套上妳早就不穿的絲襪來潤滑。

多麼潦草而生疏啊，那些衣物，將妳包裹成一個標準的死人。標準如旅館的房間，總是千篇一律，令人不知身在何處，誰躺在誰的身邊。

外婆，妳無從聽說，我和他，只有在不屬於我們的房間裡，才得以輕輕擁抱，好好說幾句話。我們失去了生活，只剩下節日與紀念日，於是更不甘於「日常性」地、硬是挑出幾個非常的日子，借陌生的空間擠壓親密感，榨取愛情遺骸內、或許未及枯竭的骨髓。

這城市裡的房間總是一個樣，彷彿預知我們要來，便惡作劇似的，從那處搬到這一處。那些櫃檯的笑臉、地毯的汙漬、門號的序列，木櫃裡悶得發燒的冰箱、吸盤般死命扒住掌心的皀片、躲在紙匣中的保險套、一格一格挨在床頭的開關、飲水機的咕咕聲、枕頭上的菸疤……似乎一一在嘲笑我們：都一樣，到哪都一樣。

我和他逃進陌生的房間，炒作那些殘存的、對愛情的記憶，像炒作一盤發餿的冷飯，在冗長的失眠中哀悼夭亡的熱情，就像在這裡，在這方飄浮著塵垢的停屍間呆視妳，看妳穿上陌生的華麗，睡在荒草蔓生的青春裡……許久許久以前，妳曾經那麼健壯、美麗，獨自搭車看海，一路唱歌。

唯有耳環保住了妳的本色，為我證明這怪誕的華麗底下躺著的，確實是我外婆。病與鬱蝕光了妳的神采，卻不曾趕走這對祖母綠。此刻它們依舊輕輕含著妳的耳垂，呼喚我：來，告訴妳一個祕密。

我服從它們的命令，俯身凝視那深不可測的綠，才發現，原來妳不只有一對耳洞。

我也去穿了耳洞呢，外婆。當他坦承愛上她，狂烈的嫉妒在我體內發起暴動，找不到出口，在一次食不知味的晚餐過後，路經一個賣耳環的小店，毫不考慮便走了進去。當刺針啪一下打穿我的耳肉，在燒灼的痛楚中，一聲長長的尖叫貫穿心臟、衝出腦殼，所有的憤怒與抱怨，遂跟著那隻細小的洞口竄出去，化作酒精棉上的一滴血。

我照料這對未癒的傷口，像照料一對小小的棄嬰。前幾日，翻閱妳的抽屜，撿到一隻落單的耳環，生鏽、憔悴、蒙塵的寶石垂著頭，彷彿病得很重。我為它洗澡、擦拭、治療，然後戴起來，收養妳失血的精魂，如收養一具漂泊的嬰靈。才聽得外公說妳拿過孩子，四十歲了，怕人見笑。算一算，妳四十歲不正是，外公出獄那一年。

●

我為妳誦經，八小時不斷。喉嚨變成一截枯枝，浸在沙漠裡，顫抖地渴水，簡直要咳出沙來。腰部至大腿被痛覺勒得快要發瘋，缺氧的筋骨長出密密的牙齒，自己啃著自己，啃得我坐立兩難，亂步走動。

我想甩掉那些亂咬亂噬的牙齒，卻無法擱置那一句句「阿彌陀佛」，逃出太平間。因爲這是我爲妳做的最後一件事了。最後一件。

平日不信佛，輕易就信了佛，因爲我需要信佛。不信佛便無從將妳推卸給諸神菩薩與後世輪迴，不信佛便無從說道：妳總算脫離苦海，重新來過。

我最好相信，於是我就信了。相信經文的終點有個來生或永生等在那裡，擁抱妳。否則，妳此生最後的生存機會，無非葬送於我。

是的，是我。

當外公簽下切結書，拒絕一切積極的治療，我未置一辭。

當眾口同聲論斷妳的人生除了痛苦別無其他，我暗自同意。

我並不確知妳對此生，是否還存有一絲眷戀，即便是一瓣甜柿的滋味、一截草莖的芳香，即便是苟延殘喘地睡掉一個黃昏、或是在夢與醒的邊界晃生晃死。我只是跟著大家一起，把複雜的訊息簡化成一個問句：「阿嬤，妳要不要開刀？」然後聽著妳一如預期的回答：不要。

我一路沉默，只是聽，聽著嘆息與啜泣彼此詢問：「你呢，你願意這樣活著嗎？」然後交換一聲低低的「不」，把眼睛交給地板。

在妳奇蹟式清醒的片刻，我大可抓住機會向妳問清楚：不開刀就是等死，阿嬤妳確定嗎？

但是我不敢問。

我沉默，並賦予自己沉默的理由：外婆若繼續活下來，代價並不由我付。讓付出代價的人決定吧，讓外公和媽媽決定吧。

別人怎麼想，我管不著。因為道德是拿來自訴而不是訴求的。也正因為道德是拿來自訴的，所以外婆，我必須坦承，我蒼白且懦弱的生命負載不了妳的重量。我扛不動妳，所以我拋棄妳。

是以，我為自己誦經，不為妳。說什麼牽引妳安然走向往生，不過挾佛法以自慰，贖罪而已。

●

我見不得妳，一見妳就想哭。妳的樣子，僅僅是妳的樣子，說多殘酷就有多殘酷，像一部強行烙上視網膜的苦刑紀實片。我卻不得不探望妳，一週一次。

妳的手是好的，卻不願自行端碗進食。餵妳，只見妳連嚼食都懶，信口一吞，噎著了，咳得滿地菜飯。不願喝湯，怕尿；逼妳喝，舌頭一擋任湯汁潰洩爬滿脖子。妳的腿瘸了，靠助行器猶能走動，但是妳不肯，教妳走就要哭，滿口威脅要死了我要死了。一把尿憋不住了，才開口說要上廁所，扶妳站起來，跨一步，地板已經濕了。等不及刷牙就要逃進被子裡，一躺就不起來，大小便隨它去。

除了排洩物，妳彷彿什麼也不願給，連呼吸都無聲，頑強地規避這個世界。只等憂鬱症再度出手，暗算妳。這回，它伸出食指輕輕一推，就讓妳撞傷腦子。

我撤退到一個晚輩的位置，不負責任的位置，回想妳入院的那一夜：當菲菲拎著尿布與鋼杯，快步走近妳的病床，叫聲阿嬤並且流下眼淚，我才跟著哭了出來。

我哭，因為菲菲不是家人，是來自印尼的女傭，卻彷彿比我更了解妳。她快手快腳為妳擦身，按摩，我杵在一旁學點皮毛，跟著做。

妳總愛抱怨她不好，其實妳想表達的是：我需要的是親人，只是親人。

妳做了半輩子傭人，老來卻不想倚靠傭人，妳太了解那種拿錢辦事的心態，所以不信任菲菲，正如妳明白自己從來就不是一個忠貞的奴僕。

妳需要的不是清潔、護理與溫飽，是全天候的陪伴，是不存在任何勉強的共同生活，是堅強的愛的意志，是外公、舅舅和我給不起的東西。媽媽挺著肩膀硬撐，在單調而沉重的勞動中耗盡了鬥志，抓著自己的藥單，抹著淚，戀著戶外嘈雜的人車和陽光，託我去找個看護來幫忙，贖回一半的自由。

我們在背棄與承擔之間躊躇，在責任巨大的腳印下匍匐，在罪惡與無力感面前，吞吞吐吐。一日混過一日，任妳自暴自棄終至絕望，變成廁所最角落、一塊刷不乾淨的、龜裂的磁磚，滿覆嘔吐與黏痰。

個人有個人的生活要過，個人有個人的追求要追求。終究沒有誰，甘願賠掉自己的人生，忍受斷骨折腰的重負，扛住妳。

●

外婆，是妳讓我發現愛，也是妳讓我發現愛會變質、衰敗，以致死亡。

老早，大家就在腦子裡草擬訃文，排演葬禮，一如報社內上鎖的抽屜中預寫的名人死訊，標題都下好了，只等填上死亡時間，立即送去組版。

妳躺在棺木裡，一臉健康，眉毛烏黑而細長，深色的粉底透著紅暈，渡完假曬黑了一樣。冰凍過的臉上凝著細小的水滴，在燠熱的八月底，彷彿蒸出一臉汗。栩栩如生，像一具製作精良的標本。

葬禮來了上百人，一屋子老政治犯，滿滿是外公的獄友。他們深深鞠躬，朗讀哀悼文，哀悼的是政治，不是妳。一如他親吻我的額頭，吻的是我的悲傷而不是我。

我寧願聽表姨談妳。她說，妳總不忘搜羅老闆家宴客後剩餘的餅乾糖果、進口菸、半瓶酒，月底返鄉就沿路發送，天女散花似的。「她人一站上村子口，報馬仔就去放消息，小孩們收起跳繩扔掉陀螺，衝到路邊排排站，手伸得老高。」

還有外公出獄時，妳說的第一句話。「恭喜，」妳說，「恭喜你平安歸來。」

妳甚至告訴這個吃了十幾年牢飯以致掙不到一口飯的丈夫：別急著找工作，先玩個兩三年再說。

多麼大方的女僕！

外婆，妳知道嗎，倘若我能對妳說出「外婆，妳知道嗎……」，然後不知羞恥老老實實地繼續說：「我和他，已經無法做愛了……」則或許妳也可以告訴我，何以妳和外公不再同枕共眠。假如我們有這麼多可說，沒那麼多不可說，則或許我和妳得以繼續相愛，則或許，我不會如此遺棄了妳。

然而我們祖孫一場，各自守著最深最艱難的心事，像在遵奉亂倫禁忌，以致到了後來，連最簡單的問候都變得艱難。

如今妳成了一隻鬼，我反倒能將眞心話摺進一疊銀紙、一帖符，燒給妳：

我不要他丟棄已然成形的、對她的愛情。我只要他弄清一件事：愛她多，還是愛我多。愛她多，我走；愛我多，我留。

但是他做不到。他比較不出孰輕孰重，問我可否相愛就好。

我相信他，因爲我了解他。卻無法阻止自己拿出秤錘、捲尺和鐘錶，丈量我們的關係，以無止無休的詰問銷毀快樂、銷毀愛情。

於是換他追問爲什麼：爲什麼妳非得確認自己的重量，才能心安理得跟我在一起？

我說：

當炸彈引爆，城市焚燒，當地震解散房屋，大水呑沒樹腰，當末日由寓言變成現實，我要你和我彼此尋找。

他問，倘若我無法以這種形式愛妳？

我說，那我就必須離開你。

所以外婆，妳懂了吧——何以那個男生，那個外省囝仔，竟沒有出席妳的葬禮。基於病與死的必然性，基於人生的不確定感，我爲了一場或許永遠不會兌現的災難、一份魅影盤桓卻不曾落地的恐懼，選擇拋棄我們，拋棄他。憑藉的，竟然是我在妳身上習得的教訓。

我不夠強悍，愛不了他。一如我扛不動妳，就將妳丟下。

當我哽咽說道，「我不要像我外婆一樣被扔掉」，我懼怕的其實是，我自己的寡情。

●

記憶像脫落的牙齒，沾著血絲，一顆一顆棄置了，像還沒題字的墓碑。

我遊晃在墓碑之間，遇見失落的愛人，見他正笨拙地、模仿我罵人的手勢，與高采烈的，自以爲是個魔術師。接著換我模仿外婆妳，妳輕得不能再輕的手勢，在薄薄的春光底下，捏著扁扁的梳子，哼著鄧麗君的〈小城故事〉，慢悠悠爲我梳頭。

「阿嬤，全世界就妳最疼我！」

「哦，怎樣講？」妳生澀地挪用台語的語法，陪五歲的我練習說國語。

「因爲妳連梳頭，都怕把我梳痛了。」

我依戀如斯，卻抵抗不了失憶的速度。該辦的法事辦了，該念的經念了，該懺悔的懺悔了，我收拾送葬後的遍地花束，回歸正常，停止流淚，恢復肉食。

直到我接到媽媽的電話，聽見她濕答答的聲音說要上山祭妳，煮很多好吃的東西，給妳，還有妳的鄰居。「我們主動分給別人吃，也要教她捧著水果去敲人家的門，別像在世時那樣封閉，一個朋友也不交。這樣……我們分人家吃，人家也會分給她吃，妳阿嬤才不會變餓鬼……」

當媽媽以台語說著「餓鬼」兩個字，那心酸的牽掛，像在責備一個不聽勸的孩子。我於是懂得我的母親、妳的女兒，她樸素的腦袋裡，裝著一個簡潔而完整的宇宙，在其中，她自始至終不曾像我一樣，遺棄過妳。

浮血貓

六歲那年，殊殊看見生平第一支，成年的陰莖，那不是爸爸的，她沒有爸爸，也不是媽媽朋友的，那叔叔已經離開，搭上基隆出發的一艘遠洋漁船。

那不是一支正在洗澡、睡覺或尿尿的陰莖，不，那種陰莖沒有眼睛。殊殊碰到的那支陰莖是立體的，摸一下就站起來，繃緊牆角的空氣，瞪著她的眼睛。

假如她不怪罪那個人，別人就會說，她是自找的。人們一旦說起別人的壞話，精神總是特別好的，更何況，更何況，那支陰莖比殊殊，大了六十歲。

那個人，每一天，從兩個街區之外遠道而來，拍拍殊殊家門口那只氣喘噓噓的小冰箱，將殊殊從故事書裡的城堡叫醒，由身世飄零的公主，變回雜貨店的女孩。

殊殊不必看鐘也知道，時間是下午五點半，不必等對方開口就直接打開冰箱，拿出一瓶養樂多。從春初到夏末，這個人每日出現在同一時間，買同一樣東西。

那些玻璃瓶裝的養樂多，每天由同一個女子，騎著同一輛腳踏車，踩著晨露送上門來，有專用的長勾，剔開堵在瓶口的圓形紙蓋。

「一瓶三塊半，」殊殊把養樂多放在方形的小冰箱上頭，自以爲精明的，說著生意人該說的事。對方則一如往常，掏出一枚五圓硬幣，將它擺在攤開的掌心——展示，等待，誘捕，她纖小的手指。

殊殊的家細細長長，捨不得開燈，幽暗如甬道，擠迫著蝦米與麻油的香氣。前頭是店面，到底是廚房。晚餐前，媽媽在屋底忙得什麼也聽不見。

幾秒鐘的沉默對峙之後，那人依舊不動手付錢，要女孩自己伸手來拿，食蟲花似的不動聲色，飽經世故，以植物般潔淨無求的沉默作爲掩護。

他的手心向上，並不向下，看起來不像付出而像，乞討的手勢。

姝姝輕易就上了當，把自己年幼的手心讓給了食蟲花：先是手心，再是手背，繞著手腕逗留一陣，沿手臂的內緣向上，來到肩膀，再往下滑進腋窩。

夏末的溽暑中，男人掌心冒汗，像肉食者分泌的唾液。要等到被揉得很煩很累很莫名其妙了，姝姝才懂得抽身。

姝姝並不了解肉體的價值。她不知羞恥。

假如她不怪罪那個人，大人們會說，是這女孩自找的。

1

那人住的地方圍著高牆，栓著鐵門，名爲「博愛院」，其實也兼作教養院，收容獨身老兵，也管訓太妹。太妹吸膠、吸安、吸男人，送進博愛院管訓，繼續吸膠、吸安，吸更老的男人。或者翻出牆外，穿越永遠在等待修治的破馬路，溜進對面的貧民窟，吸更窮的男人。太妹沒錢就去賺，賺到窮人就少賺一點，並不貪多。

殊殊她媽不喜歡把博愛院稱作教養院，不喜歡這個辭彙裡流淌的野蠻、放縱，與分泌物的腥味，卻不反對將平民住宅稱作貧民窟。在她戰戰兢兢的腦袋裡，窮人是一種有限的配額，假如有人需要這個位置，她是很樂意出讓的。彷彿只要指著遠處說，「不在這，在貧民窟那邊」，自己就可以拾階而上，升格爲有錢人。

她指的遠方，在別人眼中，根本就是旁邊而已。但是她絕不會說，「我就住在貧民窟那一帶」，就像某些蕨類並不認爲自己，其實也是苔蘚。

殊殊她媽跟所有的鄰居一樣善妒，一樣幸災樂禍，喜歡聽取別人家的哭鬧聲，講述別人的悽情慘事。譬如斜對面那家姓張的二女兒，被父親毒打一頓之後已經消失七天，大概是墮胎去了。——就算實情不是這樣，她也要把故事說成這樣，彷彿「未婚懷孕」是某種限量發行的標籤，一旦黏上別人，自己的那份就會自動失效。

殊殊她媽始終沒有搞懂，只有表彰權力與榮耀的徽章才是限量的。榮譽是一種排除的遊戲，屈辱並不。財富是壟斷的，貧窮並不。

最近，街區裡最風行的故事，是貧民窟裡那個死了一半的老小姐。據說她腐爛的背已經跟床板黏在一起，剩下的一口氣不夠她呼救，也不夠她求死，像一具醒著的屍體，靜靜地餵養著背裡的蟲卵，直到幼蛆長成蒼蠅，在封閉的房間裡嗡嗡地撞出噪音……

救護車趕到的時候，貧民窟門口圍滿了觀眾。有人說，救護員捨棄了擔架，把老小姐滑進屍袋裡去，以免她那滴著血水與腐汁的身體，再一次黏住擔架上的帆布。有人目睹醫生吐暈過去，於是斷言：老小姐之所以被裝進屍袋，是爲了空出擔架，搬運昏倒的醫生。

傍晚的熱風傳送著人們的閒言閒語。圍觀者一言一語咀嚼著她的哀傷，在回憶裡還給她一張漂亮的臉、富有的家世、挺拔的未婚夫，以便搖著頭說「可惜，可惜」。慈悲的空氣底下，浮動著一股興奮的安慰之情。

2

那人是個跛子，左腿缺了半截，卻堅持跨過兩個街區，撐著拐杖閃避汽車，跳過雷雨後的積水與坑洞，光顧殊殊所在的雜貨店。如此不辭勞苦，浪費時間與汗水，爲的當然不是一瓶養樂多。

他是來這裡追求幸福的。

像他這樣一個又窮又臭的老東西，在女孩透明的手臂之外，是找不到其他的幸福的。

難得有這樣一雙，近乎空白的手臂，未經色情的馴養，也還沒被禮教浸透，在世俗的色澤之外赤裸著，無知亦無不知，無欲亦無抵抗。戒心還是有的，卻也沒少掉天賦的好奇心，衣不蔽體亂蹲亂坐，一身的赤野，天生的獵物。

而且便宜。

養樂多一瓶三塊半，他給五塊，利用找回一塊半的瞬間，接住女孩的手。他偷偷摸摸地接住，接住就不放開。在一塊半掀開的、隱晦如窗簾的空間裡面，偷偷摸摸。

他在姝姝軟綿綿的掌心之中，享用陌生人的體溫，幾乎是心懷感謝的，送給她一個又一個小東西。幾顆彈珠，幾張紙牌，工地裡摔裂的磁磚，唱詩班下課後扯下的彩帶。

姝姝跟所有小孩一樣享受聚斂，將美麗而無用的垃圾當作寶貝：一截還沒用完的黃色粉筆，頭戴橡皮擦的半枝鉛筆，彩色的糖果紙，出油的駱駝貼紙，一張印有芭蕾舞女的書籤，嗆著腥重的香水味。

她把這些寶貝收進餅乾盒裡，睡前一一點名、道晚安，像一隻富足的鳥雀，巡視自己從外面啣來的枝枝葉葉。那些漂亮的廢物，躺在生鏽的鐵盒子裡，執拗地表現著過時的風采，像一則又一則褪色的夢想。

殊殊是這樣將自己的手交出去，再收回來，給出一點不知名的東西，再拿回一點不值錢的東西。假如她不怪罪那人，鄰居們會說，這女孩是自找的，或者說，一切都是女孩她媽的錯。誰叫她媽還沒結婚，就生了小孩。

3

殊殊怕貓，怕暗地裡纏綿的哭叫，棄嬰似的，彷彿連鬼都不要。她怕貓如同棄子害怕自己的身世，如罪人害怕自己的祕密。她深受貓咪吸引。

這天下午，她又聽見了貓哭，愈是摀住耳朵不聽，愈是淪陷其中，終究還是放棄了抵抗，溜出店家，穿過發燙的柏油路面，往貧民窟的方向跑去，心裡牽掛著午睡的母親，還有香菸櫃底下的小抽屜內、來不及收好的幾張鈔票。

眞是沒有責任感哪……殊殊還沒罵完自己，就被貓聲奇異的變化分了心。一個尖銳的高音驟然墜落，拖曳在地，昏倦如死，彷彿不是聲音而是，聲音的殘餘。兩秒鐘的停頓之後，忽而又高亢起來，哭喊，呻吟，神志不清。

假如那聲音表現的不是痛苦，會是什麼？假如那是痛苦，則殊殊以爲自己可以結束那痛苦。她追逐貓咪的表情，像在追逐一樁晦暗不明的祕密。

出於孩童慣有的好奇，與好奇衍生的破壞力，她扯下路邊的花，吸了蕊心的蜜，又踢翻垃圾桶，踩死了幾隻散逃的蟑螂。當她聽見蟑螂的身體破裂、那又飽又脆的爆炸聲，恍惚間她記起以前。以前，彷彿不是太久以前，有誰養的貓咪生了孩子，而那幾隻小貓好像，好像，才剛出生就死了。她記得自己曾經親眼看見，她覺得自己踩在不斷重複的夢境裡邊。

翻倒的垃圾桶旁，高高低低站了一排儲存餿水的塑膠桶，沿著灰泥牆往貧民窟的方向延伸，停了三輛垃圾車。貓咪的叫聲，是從垃圾車那頭的草叢裡傳出來的。

殊殊追到貓哭邊緣，追到故事與眞相的邊緣，卻在眞相的幾步之外停了下來。也許她害怕看清她渴望看清的，也許她敬畏那不該看見的。這時貓咪像是受了天打雷劈，叫得如火如荼，令殊殊分不清那究竟是撤除了戒心的呼喚，還是淒厲的嚇阻。

也許她敬畏那不該看見的，也許她害怕看清她渴望看清的。她小小的腦袋進行了生平第一次複雜的思考，決定放棄，停止對貓哭的追究與探問，把貓咪的事情留歸貓族，不去驚動牠的快樂，也不去驚動牠的痛苦。

如此明明白白將自己拒於事外，反而心安理得，轉身要回家的時候，卻像得到一份補償似的，遇見另一隻貓。

是一隻茶色的胖貓，在圍牆的高處停頓著。牠昂起精緻的臉，走了幾步，再高高跳上牆邊的樹頭，將殊殊的頸子折成仰慕的角度。

殊殊張大眼睛追著牠，身體也追逐著跑了起來，穿過一截馬路，來到貧民窟對面的博愛院。

博愛院一反平日大門深鎖的習慣，敞開厚重的鐵門，展示一座比眞人更高更壯碩的銅像，預告十月的慶典。月初替國家慶生，月底紀念統治者的冥誕。這個統治者死得還不夠久，銅像嶄新得恰到好處，足夠累積未來半世紀的塵灰、與自由的鳥糞。

跟所有的獨裁者一樣，統治者死後依舊進行著他的統治。這裡的退伍老兵維持著軍中的習慣，每日升旗降旗呼口號，爲銅像淨身打蠟三鞠躬，每門每戶都插了旗子掛了肖像，將寄身養老的院落妝點成一座寺廟，以一種未亡人的心情，崇敬著未亡的國家，以腐而不爛的忠誠，向統治者獻上秩序。

殊殊追著貓咪，闖進爲統治者精心剪裁過的、必恭必敬的樹林，在圓的方的動物狀的樹叢當中迷了路，跟丟了貓咪，卻見到那個人，遠遠的向她招手。

4

那人的房間，是由一間房剁成兩半，再剁成兩半的。長寬都只剩一半。侷促間，彷彿連天花板也被拉得矮了一截。小小一格窗，擋去了大片的陽光。鐵架上搭了木板就算一張床，像是給犯人睡的，潦草的把房間變成一格囚室，拘留著一個被歷史綁架的人。

床底塞滿了一堆又一堆用剩的、撿來的東西：等著修理後轉賣的、賣不出去的、缺了一葉的電扇、斷臂的鍋、漏水的壺，用過但不知用乾了沒有的電池、泡過水的燈泡、發霉的收音機、壞掉的鐘。——這房間就像一只壞掉的鐘，無聲無響地弄丟了一大片時間、一大片的人生。一屋子屯積，屯積，屯積著匱乏，擺得沒有餘地。

殊殊進了門，只顧呆站著，不僅因爲小孩不懂作客之道，也因爲她小小的身軀其實無處可坐。

所有的空間都不得空閒。

唯一的凳子上，晾著滴水的汗衫。狹小的白鐵桌上，擠著剩下的飯菜。床板上除了被單、衣褲與毛巾，還盤據著幾個鐵罐與塑膠袋。罐子裡有的裝錢，有的裝鹽，有的裝酒。袋子裡有的裝藥，有的裝襪子，有的裝饅頭。

坐呀。

那個人說，坐呀。一面收起汗衫，把凳子擦乾。

然而這房間還眞是、眞是沒空啊，沒有可以叫做「空間」的地方。連牆上都糊滿報紙，覆蓋水痕與霉漬，抵擋不斷剝落的油漆。

即便空氣也是擁擠的，擠撞著樟腦、髮油，與漂白水的氣味。

一屋子清潔過度的空氣裡面，稠滯著某種陳腐的怪味。

漂白水底下，浮動著疫病的氣息。

髮油底下沾黏著，皮屑酸朽的氣味。

在那不留餘地的房間當中，不留餘地的床鋪上面，逼擠著一個沒有餘地的人生。這副人生沒剩多少轉圜的空間，也沒剩多少時間。他沒有時間等待、遲疑，沒有時間感到羞恥，逕直掏出四角褲裡那一根、與獨居的晚年同等寂寞的陰莖。

悶熱的下午四點，蟬聲沸騰。

殊殊看著那東西脹大，立起，彷彿有自己的呼吸。那呼吸充飽了整個房間。

妹妹妳要不要摸摸看？

他問。

悶熱的下午四點，零分十三秒。屋裡的鐘是壞的，無從計算與陰莖同步甦醒的時間。

殊殊並未猶豫太久，大膽伸出好奇的指尖，輕輕點一下，那東西就脹一下，再縮一下。那東西長得很怪，底下的毛髮也捲得很怪，令她感到有些害怕，卻也正是因爲害怕，她要再試一下，再玩一下，看看自己怕的究竟是什麼。

殊殊的膽子正好，比恐懼多出一點點。

當殊殊縱容自己孩童的冒險，釋放出第二、第三根手指，摸起那東西，老人像是放棄什麼似的，自喉底發出一陣低低的哀哭。雖然他的恐懼，比他的寂寞更立體，但是他不管了，他再也管不了自己了。

他要殊殊握握看，殊殊就握了，就像接受一個陌生的玩具。

她只是握著，並不動，感覺老人的下腹一起一伏，粗重的鼻息像痲繩，摩擦著周圍的空氣。

那陰莖無法勃起到底，反而更像一隻活體。掙扎著起身，剛要站起來，卻又累壞似的疲軟下來。傾頹至躺下以前，又緩緩呼吸，振作，用力爬起來。

老人以高亢的情緒鼓動著自己、與那腫脹的肉器。殊殊的手還在、還沒離開，但她的不耐煩已經傳到指尖，老人覺得女孩要放手了，趕忙抓起床腳的鐵罐，對著她工作中的小手，淋上厚厚的沙拉油。

這罐油擱了很久，老而稠膩，在熱烘烘的下午四點，四分零三秒，抽送出一股熱烘烘的、不新鮮的味道，阻塞了殊殊的嗅覺，卻加快了陰莖的勃大起伏。

一陣涼風顫動了小小的窗格，有細沙自門底的裂縫掃進來。

他得到的不是高潮而是，高潮剩下的東西。卻依舊感動得哭泣。只是，他的眼睛跟他的陰莖一樣，荒枯太久，只能燥燥的發著高熱，流不出什麼東西。

5

當殊殊跟媽媽抱怨老人，她只是覺得煩，覺得煩而已。

那種煩，就像門戶洞開的雜貨店，被野狗可憐兮兮的眼睛纏得浮躁不安。（那些徘徊不去的野狗，總是能夠詭詐地、以鍥而不捨的耐心，自殊殊的飯碗中榨取一塊排骨。還有那來歷不明的流浪漢，豎起顫抖的食指與中指，做出夾菸的手勢，對著指縫用力吸吐，索討幾枝散裝的長壽菸。）

當殊殊跟媽媽提起老人對她做的、與她對老人做的那些事，她只是嫌他煩，嫌他煩而已。煩的感覺，以六歲的話語表達，成了「討厭」。

「除了討厭呢?」媽媽叫來的大人追問著。

或許還有一點想吐的感覺吧。殊殊想起那個小房間裡、消毒水又苦又嗆的味道、穿牆透壁的黴菌、脂肪般黏熱的沙拉油。就像走進一家不潔的餐廳。

「別怕,」媽媽叫來的大人說,「這不是妳的錯。」

殊殊並不害怕,但是她找不到反駁的話。

除了害怕,殊殊還感覺到大人們需要她,表現出其他的感受,創傷的感受。

她媽幫她洗澡洗得好用力,洗得她皮膚都腫了,還用酒精擦她全身,令她覺得那不是洗澡,是在洗她。

內衣內褲全扔了。陌生人拿著紙筆問她問題,調查她的情緒。

「這不是妳的錯。」他們一邊說,一邊期望看見她難過、傷心的表情,於是她難過傷心,爲自己必須難過傷心而難過傷心。她被弄得眞的哭了出來,令大人們更加確信,她受到嚴重的傷害。

殊殊爲必須表現受害而受害。受害者的責任是指控、降罪。指認加害者,承認自己受了罪,以免成爲罪人。

殊殊說不出老人的名字,也說不清他住在哪裡。但是她說出養樂多時間,交出他送的那一盒破爛。

陌生人接下破爛盒子，一邊翻看一邊囑咐，「這不是妳的錯，」令姝姝更加確信自己，一定做錯了什麼。

日後，姝姝在記憶裡反覆回到那天傍晚……

雜貨店門口人聲嘈雜，像個堆滿是非的小碼頭，有海鳥盯著發臭的魚肉。

媽媽一見那個人走近店面，舉起關門用的鐵勾作勢要打，一旁看熱鬧的鄰居卻搶先出手，奪下那人的拐杖，捶打路邊的水溝蓋。

忽而揚起一陣風沙，凍結了這場凌亂的暴動。——是雜貨店背後的那座小山，被人砍掉樹林，挖石、採砂、蓋公寓，狠狠禿了一大片，一陣大風就是一筆狂沙。

風沙一停，眾人揉揉眼睛，重新投入這場小型的暴動。媽媽扔掉鐵勾，換成掃把，放心而肆意地、全力撲打起來。旁觀者加入拖鞋、畚箕、曬衣棍、空酒罐，滿口詛咒圍剿著、這骯髒的老東西。

纏打著老人的眾人當中，有個落魄的失業人，是隔壁小姊姊阿津的父親，大學新聞系畢業，街區裡學歷最高的一個，廣播電台招募記者，他筆試第一，口試被刷了下來。國語不標準，不能報新聞。考電視同樣榜首，也爲同樣的理由失掉工作。

「很抱歉，你的台灣國語，實在，實在，很嚴重。」

「很嚴重？」

「你自己不知道嗎？」彷彿他們正在談論一種疾病，而生病的人理當了解自己的病。

他原本以爲自己會得到一個修飾過的、迂迴的拒絕，由一張呑呑吐吐的嘴給出一份怯懦的解釋。但是不。對方絲毫不以自己的意見爲恥，那樣無愧於心理直氣壯，令他無從抗辯。就像一個人拒絕你的追求，直說「因爲你太醜」而不說「我們不適合」，你就只能怪自己太不知醜。

要知道，「醜陋」的定義權，從來不屬於被定義的那一方。於是他封起嘴巴，不再動用他難聽的台灣國語，爲自己爭辯一個字。

但是他敗得多不甘心哪。那一整年下班後的苦讀，成就的盡是一片虧損。

那欺凌他的，是他難以言說也不敢公然挑釁的力量，於是他轉而苛責自己，勤苦地矯正自己。他模糊地知道公道是討不回的，那代價太過高昂，他負擔不起，還是屈從比較簡單。

他成爲一個酷吏般的父親、憤世嫉俗的鄰居，宰殺自己不成，整個人便以黴菌啃噬一顆橘子的速度、靜靜地腐化了，並且在這樣的腐化之中，遇見了一隻替罪的羊。

於是殊殊看見了：在那纏打著老人的人群當中，事不關己的一個打得最凶。

他抓著一支與他人生同樣滿是瘡孔的破傘，充當刺刀與棍棒，激烈地討伐、戰鬥。

混亂中，媽媽喊著殊殊，叫她回去，回到店裡面去。

但殊殊感覺自己的腳抓不到地，無法移動。

母親再叫一聲，殊殊還是不動，彷彿有誰把地面抽空了，留下稠狀的時間。時間發稠，跟殊殊一樣不肯移動，於是有人插手了，扣住殊殊的肩，將她往店裡推。那雙手煩躁的推撞著，那推撞令殊殊感覺像是一種攻訐，彷彿他並不打算將殊殊送往任何一個柔軟的房間，而是要將她關進濕暗的廁所。骯髒的羞恥之地。

破碎的夕陽當中，有一團固執的紅，像一張不死的嘴。任憑黑暗團團擠壓層層淹覆，那不死的依舊不放棄。——不放棄的除了美麗，還有別的。譬如黑暗。不放棄的除了黑暗，還有月光，星光，人的眼睛。於是殊殊看見了，在日夜交疊的地平線上，同一片時空當中，並存了星星、月亮、與太陽。它們爲彼此收斂了光線，因而顯得更加完整，不必流汗也不必顫抖，輕輕抬起整座天空。

「月亮都出來了，妳的功課寫完了沒呀？」

殊殊抵抗著那雙大手的推撞，感覺太陽公公正溫柔地問候自己。

「還沒啦，」殊殊聽見月亮對太陽說，「你都還沒下山呢！」

陽光溢出了日夜的秩序，溢出是非與黑白的秩序，說了幾句安慰的話，令殊殊敢於轉過頭，停下來，以目光撫恤那挨打的人。

那人跌坐在地，顫動著嘴巴，像在回憶什麼，又像在申辯著什麼。

假如殊殊（一如大人所期望的）應該感到害怕，則她最感害怕的，無非此時此刻。那股自胃部抽升而上的感覺，除了害怕，還有恐慌，一種道德恐慌——假如她不怪罪那人，則鄰居們會說，是這女孩自找的，自找的。

6

殊殊明明在睡，卻張著眼睛，走出屋外。

才剛走進月光就停下腳步，無法再跨出半步。有東西擋住了她。

只是一個小小的東西，占去一塊小小的路面，殊殊可以繞過它，跨過它，不看它，繼續向前，跟著時間往前走，或走到時間前面。

然而殊殊沒辦法，沒法跨越那個小東西。是一隻貓，漂浮在一只袋子裡。

那是一只透明的塑膠袋，絲毫不受重力拖累，穩穩的定住，像一個大碗般張開袋口，抵擋時間拉扯下墜的力量。彷彿有一隻看不見的手，護著它不讓它垮下。

一個不會垮掉的塑膠袋，盛著一隻貓，像盛著一顆湯餃。

小貓剛剛脫胎，濕答答的眼睛裹在胎膜底下。倘若牠正在流淚，也沒人看得出來。載著貓的水是紅的。初生的雛貓，浮在新鮮的血裡。

殊殊憑直覺便認出那種血，是從女人體內流出的血。那不是男人流得出的血，那種味道。性的味道。女性的味道。關於月經、分娩，以及，最年少的一次性交。

那最最甜美新鮮，因而也最容易敗壞的。她的血。她的貓。她最初的冒險。

殊殊醒了。經痛而醒。下腹一陣收縮，記憶隨經血流出。

她分不清把自己弄醒的，是隨血水流出的痙攣，還是夢裡那隻、浮在血裡的小貓。

殊殊十八歲了，正在等聯考放榜，整個人懶呼呼的泡在暑假悠長的午睡裡，不急著起床清理，那些，遺漏在床單上的血跡。

她看著從氣窗注射進來的光束，回想公車上遇見的那個人。

光束裡的世界透明安靜，令浮塵看起來格外的焦躁不安。

她乾乾淨淨的一顆心，越是往乾淨透明的安靜裡去，越是聽見浮塵騷亂的摩擦。

7

那是前天的事情。殊殊搭公車回家，從起站坐到底站，自縣境出發，越過縣市交界那條越來越臭的溪水，再繞過城市的心臟，回到城市另一邊、直腸與尿道那邊，從木板隔間的頂樓加蓋，回到那雖說有個門口、卻從來無門可關的老家。

殊殊她媽一個人，守著那間小小的店面，任女兒去追尋自己的一間、得以關起門來的房間，因為殊殊再也關不住那越來越趨強烈的、對門的嚮往，總是躲到別人家門後，玩關門的遊戲；把自己捲進窗簾裡，玩躲避的遊戲；裹進被單裡，玩消失的遊戲；抱著棉被爬進紙箱，玩幸福的遊戲；埋身於工地的沙堆底下，玩下葬的遊戲。

公車粗聲粗氣拖行在午後的暴雨中，封存了滿滿一車腥雨的苦臭。

這一路眞是長啊。殊殊的下腹微微抽痛，到家時衛生棉已經滿了。

「天要下紅雨囉，」媽媽說，「妳還記得小時候那個季叔叔嗎？後來去跑船的那個？」媽媽吸一口菸，吐一口霧，「他居然寫了一封信給我，說他一直記得我借給他的五萬塊，問我帳號，說要還錢給我。」

「老天眞的要下紅雨囉，」媽媽再吸一口菸，「唉，他居然還記得我的地址。」

殊殊並沒有糾正她媽：抽菸要以手就嘴，不是派嘴去找菸，這樣僵著脖子繃緊下巴鎖住鼻息，吐出一團渙散的穢氣而非集中的煙束，不但做作，而且笨拙。想學抽菸的壞，卻讓壞的人笑乖，眞是划不來。——那麼現實的一個女人，竟然，曾經，將積蓄奉獻給愛情。

回程搭同一路公車，雨剛停，人們散落在空蕩的座椅之間，露出乘客特有的、漠然的疲態。一個男孩從瞌睡中醒來。「媽！什麼東西這麼臭？」他的聲音跟他的天眞一樣洪亮。

「小聲一點。」媽媽低聲壓制著男孩的意見。

「好臭！臭死了！」男孩皺起寬寬的鼻子：「有人踩到大便了啦！」

「小聲一點，沒禮貌！」媽媽的聲音壓得更低，然而一車子的安靜都在偷聽。

「亂講！」男孩的妹妹說，「是臭豆腐啦，有人在吃臭豆腐啦！」

女孩深深吸了一口氣，閉起眼睛陶醉著，「這是我聞過最香的東西了。」

童言童語攪動了濕熱的空氣，卻沒有驚動任何人——陌生人在公車上隔著座位大聲議論的時代，已經過去了——除了那兩個孩子，所有的乘客都知道，味道是從倒數第二排傳出來的。

是一個老人。嘴巴不停動著，彷彿在嚼食空氣，卻依舊動用了殘存的理性，將自言自語收在喉嚨裡面。像一尾待宰的魚，密集地掀動著腮幫，瞪著眼睛，突然一陣抽搐，扭動了尾鰭。「苦啊！好苦啊！」一句話衝口而出，老人嚇到了自己，馬上閉起嘴巴。車行一站，嘴巴鬆開，又喃喃念了起來。

他身上那件運動衣，彷彿是從遙遠的過去、向一個無憂無慮的少年借來的。胸口縫了一隻唐老鴨，歡闊地張開橘色的嘴，吸著汽水。腹部橫著一片海洋，母鴨母狗一個個穿著比基尼，睫毛一束一束翹上額頭，躺在橡皮艇上。

然而還沒完呢。在這件嘈雜的衣服上面，堆積著無數的白色碎片。再也沒有比這久經堆積的頭皮屑更骯髒的白色了——殊殊站立的位置，恰巧挨著老人，她專注於眼前這豐饒到近乎華麗的醜陋，無法移開自己的眼睛。

她看見他忙碌的手指，在塑膠袋裡窸窸窣窣，整理著一包又一包吃剩的食物。

猛然間一個煞車，老邁的引擎承受不住，公車心臟麻痺，斷了氣。

這突兀的靜止驚動了老人，他眨眨眼皮，緩緩轉動頭顱，面向殊殊。

他的目光穿過殊殊，遠遠落在殊殊身後，彷彿眼前並沒有人。

他沒看見殊殊，然而殊殊看見了，看見他分秒不歇、碎碎念念的嘴，把眼眶熬成發燙的紅色。他沒認出殊殊，但殊殊一眼就認出了他。

她以爲自己已經忘了過去，過去卻不曾將她遺忘。

8

殊殊跟著他下了車，一路尾隨。

他走進一個兼賣檳榔的小店，一聲不問便坐上店裡的椅子。店主絲毫不以爲意，彷彿那把椅子與老人本是舊識，彷彿那不是一張椅子而是一隻大狗。

老人不買東西，只是坐著，坐在店裡分享人間的蕭索，以及電視機裡重播的台語劇，縱然他聽懂的沒有幾句。

他將黃昏前的這一點時間，寄存於這個孤僻的小店，殊殊則爲了潛入他的時間，將自己寄放在店門外的冰果攤，隨便點了一碗冰，上面淋著黑色的糖水，灑了彩色的軟糖。

她沒吃幾口便放下湯匙，帶著一種對自己的嶄新認識：她變了，變得在乎衛不衛生、好不好吃、有沒有色素，不像小時候，一切彩色的都是快樂，一切甜甜的都是美味。她發現那些豔色斑斕的糖果，疲軟中帶著一種難以消化的硬，跟橡皮筋一樣越嚼越毒，不可吞食。

賣檳榔的男子臉上沒有喜怒，任憑電視劇裡的人性誇張起伏，他兀自面無表情地捲著檳榔，彷彿那電視並非一台可以關閉的機器，而是一個生病的親人、或發瘋的鄰居，他忍受經年已經習慣了。只有在大聲接起電話的時候，才洩露了一點人性，邊笑邊罵幹你娘。掛了電話，像是忽然記起什麼似的，遞給老人一枝菸，再爲自己點燃一枝。依舊，沒跟老人交換一句話。

蒼蠅徘徊不去，一隻野貓賴在牆角的涼蔭裡。有個女人擺著攤子，販賣自己編製的髮夾。那些由塑膠花裝飾的髮夾，有一種被太陽曬褪了的狼狽神色，好像已經等待了很久很久。

一個看似她女兒的小孩蹲坐在地，數著鐵盒裡的紙牌與彈珠，小小的臉上，有一種清算財產才有的認眞。

夏天呼著熱氣，消化碗裡的碎冰，殊殊拿起湯匙，翻弄著一粒粒塑膠般的軟糖。——有些美味是一去不返的，即使面對分毫不差的顏色、氣味，也無從再經歷一次同樣的滋味了。——童年的事物與殊殊之間，隔著厚重的時間，剩下的是對美味的回憶，與融化的糖水。

然而僅僅是這份記憶也足夠她，了解眼前這個小女孩。她自己的那個鐵盒，至今還躺在雜貨店老家、某個鏽到拉不開的抽屜裡面。那張她怎麼也捨不得撕開的貼紙上面，手持魔棒的仙子，恐怕已經又老又皺，油滋滋的冒出死水了。

新的玩具取代了舊的，殊殊掏出書包裡的香菸，吸了起來，一邊吞吐時間，一邊將菸灰彈落，在融化的糖水裡面。

兩根菸的時間過後，老人起身準備要走，沉默的檳榔男子終於，終於，開口說了一句：下禮拜我要回雲林，這裡不開。他講得那樣漫不經心，其實深怕老人聽不懂，以台語講過一遍，又用國語交代了一遍。

9

舊時的平民住宅後方，一百多公尺外的山腳下，棲息著一群進不了或受不了平民住宅的人。整排的鐵皮寮相應而生，沿著山壁搭起來，一格吻著一格，相互安慰著。那一個個應該被稱作「門口」的地方，有的根本沒有門，有的歪斜著一片半死不活的木板，恍若一處處傷口，曝曬在人間。老人現今的住所就在其中。

鐵皮寮旁邊，一棵兩百歲的荔枝樹下，終年駐紮著一頂帳篷，住著另一個不老的男子。年紀是老的年紀，該有六七十了，然而胸肌起伏，臂力飽滿，一肩就能扛起一張桌子。這人有一頭澎湃的鬈髮，灰白中燃燒著紅豔的底色，據說祖先是個荷蘭來的醫生。

他的嘴巴很忙，不時咒罵著。因爲瘋狂或者癡傻，他遺落了歲月，咒罵中自有一股青春。罵累了就唱歌，有時台語，有時日語，由於長大後不曾學會任何一首新歌，他老舊的聲帶裡，記得的盡是童謠。

除了帳篷，他還擁有一輛不斷殘障不斷修復再不斷殘障的三輪車，那是他心愛的鐵馬，載著他四處拾荒。

那棵兩百歲的荔枝樹，在此刻，當下，生命最衰朽的時分，長出了鮮嫩的新花。它坎坷的樹皮上，有發炎腐爛的瘡，百年來，這裡發生過無數蟲蟻的戰爭，無數的再生與死亡。終於，在停止開花百年之後，這棵兩百歲的樹，冒出纖緻如嬰的荔枝花。

花開當下，亦是拾荒人的當下（每一個我們認知的當下，都必然是人生最晚最後最來不及的一瞬），他驚心動魄地發現自己，總是驚心動魄地等待某個女人經過，渴望送她禮物，見她笑。

女人移動著一隻跛腳，養著一隻栓著領帶的大狗，在另一頭拾荒。他騎著心愛的鐵馬追上去，送給她一把老虎鉗子，「全新的，連包裝都沒拆，」他說，「今天最好的一塊貨，店裡要賣三百多。」女人輕輕皺起她洗不掉的紋眉，重重問一聲幹嘛送我。他說，我願意把我的地盤也送給妳。

慈悲的樹鬚，拂過腥涼的午後，將樹葉摩擦的聲響，送進愛人竊竊私語的耳朵，也將暖烘烘的荔香飄送到遠處，給正在焚香祝禱的、殊殊正跟蹤的這個老人。

鐵皮寮背面，山坡上亂墳滿地，每隔兩週都遷來一個新的死人。老人總是遠遠跟著送葬的隊伍，像個不名譽的子孫似的，收拾喪家留下的滿地花束，再以十朵六塊錢的價格，賣給另一個殯葬業者。

他喜歡本省人的葬禮，沸騰般吵吵鬧鬧的，多好啊，就像有好多子孫一樣。即便是穿心刺腦的嗩吶聲，在他聽來也是活潑可愛的。還有那孝女白琴，發神經似的糾纏著擴音器，痙攣般的哭號，再怎麼虛假，總歸是人的聲音。

跟葬禮比起來，死亡吵多了。太吵了。戰場上皮肉綻裂的聲響，斷肢焚燒的氣味，血噴發的速度。他將耳朵抵在同伴的下顎，輕輕一動便扯脫了他的肩膀，聽他嘶叫著「我不要死」，彷彿他真能救他似的。同伴持續哀號直到斷氣，他捧著破碎的屍身，恍惚中啃了一口，滿嘴血淋淋。

他連自己都不知被丟到哪去了，哪還能救得了誰呢？

老人焚香祝禱，向亡者請願，索取花束，再將賣花所得的錢，全都拿去買了冥鈔，自己燒給自己，為身後的鬼日子募款存錢。在紫紅色的向晚時分，背對哀豔的天色，守在為自己預購的墳邊，一邊燒著冥鈔，一邊喊自己的名。

10

殊殊找上門的那天，老人躺在床上。他不知道自己得了白內障，只覺得路面起伏，陽光剝開花與霧。他在一種異樣的清醒下一腳一步，撿拾鬼月裡流落墳間的花束，然後，在一種豐收的恍惚中，摔進一個待掩的空墳。他昏了大概有一分鐘或一小時，也許更久，也許更短，或者比久更久，比短還短，就像死了一樣，記得的盡是遺忘。

殊殊一踏進他的屋子，胃裡便起了烏雲。

記憶絞緊了，像一條潮濕的抹布，擠出幾滴餿暗的舊水。——那些牆上，竟然，跟小時候一樣，糊滿一層又一層的舊報紙。她感覺自己遭到歷史的瞪視。過去黏在牆上，黏在這裡，彷彿帶著原有的時間與空間，一同遷移到此時此地。

「請問，你要吃飯嗎？」殊殊問老人，「你要吃飯嗎？我帶了便當。」

老人沒有回答。

殊殊謊稱自己是社工員，兩眼大膽巡邏著屋裡的一切，然而腳步怯生生的，怎麼也放不開。室內窗簾委敗，食鹽發霉，一陣夏季的暴雨就滿是積水。陰溝的廢水漫溢，混淆了廁間。這屋子躺在自己的排泄物裡面。腥風掀動了成片的惡臭，釋出一團腐敗的香味。原來是門後的牆腳邊，堆了一束束喪花，是老人受傷後來不及賣掉的。花瓣潮濕，腥黑，已經成屍。

這些在葬禮中剝落了一層芬芳、未及讓下一場葬禮再剝一次便荒枯了的、死過兩次的花，給了殊殊一道緩衝，一個理由，讓她在老人以外的世界待久一點。

她將花束移到戶外，慢條斯理的分類，配色，搭砌，疊成塔形，再點燃一束小火，慢慢慢慢地燒了它。

花屍冒出焦香，在火燄裡滾滾翻動，著了火的花心在風中竄飛，燙上殊殊的耳朵。就要化成灰了，還是有野性的。

殊殊火化了所有的花，像是完成了某種儀式，掃除了一場疫病，足夠她再一次走進屋內，靠近那人的床。

你要吃飯嗎？

殊殊問：你要吃飯嗎？

不要。

那人說：我不想吃。

那，你需要什麼？

我，我要洗澡。

他說：可以幫我洗澡嗎？

他的手肘挫傷，額頭的破皮已經結痂，稀亂的眉毛沾了乾掉的血漬，像一對生病的羽翅。他很臭，他確實需要一趟熱水澡。殊殊一面煮水，一面在滿室的破銅爛鐵裡翻尋毛巾與肥皂。

他起身走了兩步就滲尿，衣服脫到一半便央求著，「我手痛，妳幫我脫，」浸到熱水裡，兩手隨便潑一潑，又遞出肥皂可憐兮兮地說，「妳幫我擦。」依然是舊日那個，賴皮賴到失禁的人。

歷史的折磨與生活的艱苦，沒有將他磨練成一個堅強誠實的人，一點也沒有。

殊殊覺得他真是猥褻，猥褻到令她不得不將自己的雙手當作一組性器。這麼多年過去了，她已經識得肉體的價值，知道自己除了雙手，還有大筆大筆的青春可以販賣。一個十八歲的少女，熟透了然而新鮮的肉體，她的每一寸肌膚，每一根毛髮，五官，聲音，風格，姿態，她分分毫毫的女人味，都有價格可供兌換。這其中最有價値的，是她的空白與無知，而世人最覺浪費的可能是，她竟然將其免費奉送，送給一個幼時糾纏過她的老東西。

她張開雙手，洗滌這副久違的身軀，勤快如社工，如看護，如僕役，而且沒戴手套，赤手抹除了他們之間的界線——施與受，施洗與受洗的界線。

他已經忘了，但是她記得。

她想清洗乾淨的，除了他或許還有自己。十二年前在他身上降下的那場刑罰，不是六歲的她同意的，或者說，她未曾抗辯就同意了，所以她自認虧負於他，負他一份跟那場刑罰等量的東西。

她爲他按摩，推散皮肉之間、被死寂長久占據的硬塊。

她的手指到過哪裡，他的皮膚就醒到哪裡，舒適感匆匆流過，痠與痛立即跟了上來，滿足與匱乏循環接替，正反相生，令他找回歡喜，也找回哀傷，記起了時間，以及躲藏在時間夾層中的一段、遙遠的回憶：關於一件圓點小洋裝，蟬聲爆滿的夏日，一雙軟綿綿的手心。

「這裡也要，」他指指胯下，說，「這裡，這裡也要洗。」

「不行，」殊殊凶著臉說，「這裡你要自己洗，」邊說邊怕口說無憑似的，把毛巾塞給他。「你自己洗，乖！」

「我手痛，不會洗。」

「那就用另一隻手啊！」

「這隻也不行，這隻骨折。」

「少來了，這幾百年前的骨折早就好了。」

「沒有，還沒好……」他擺動錯位的腕關節，展示它崎嶇的角度，說，「這是以前被人家打的，一直好不了，有時候還是會痛。」

殊殊看得懂他的詭詐，然而那詭詐不關她的事，她只管把自己該還的那一點東西還給他。她用厚厚的肥皂對付那截肉莖，製造一堆泡沫掩藏自己的手，卻由於肥皂的潤澤，在那支肉莖上製造了誇張的甦醒。他懇求她用力一點，她就用力一點。他懇求她握住不動，她就握住不動。

那不是同情，只是了解。但假如同情就是了解，則殊殊並不反對「同情」這個辭。就像某個陌生人曾經告訴她的，「像我這樣的一個人，所能倚靠的，無非是，陌生人的好心。」這個陌生人名叫白蘭琪，是一部電影的女主角，她虛榮成癡，撒謊成性，然而她說的這句話是眞的。

我所能倚靠的，無非陌生人的好心。白蘭琪這麼說。

老人說不出這種話，但他跟白蘭琪是一樣的。

殊殊也一樣。她看著這部電影，《欲望街車》，對著女主角白蘭琪說我也是、我也是。我能倚靠的，也是陌生人的好心。

老人要求躺上床去，殊殊不理。

他繼續求，殊殊還是不理。

他接著哀哀嗚嗚亂叫亂踢，簡直是在哭了，滿口說著我給妳錢，我給妳錢。

她罵了兩句，教訓孩子似的用毛巾打他幾下，再擦乾他的身體，幫助他在床上躺下。黑暗降下一份莊嚴，讓猥褻顯得不那麼猥褻。她握住他，以一種生澀的節奏摩擦起來。他節制著自己難堪的身體，節制著，以免它忘情顛擺得不可收拾，才發現自己還留有羞恥之心。他兩腿間的皺褶，掙扎著放肆與收縮的表情，但殊殊看不見這些表情，也聽不見他的呻吟，直到她敢於張開眼睛注視的一刻，才看見他垂老的陰莖底下，已然不剩一根毛髮，像荒地裡一截受傷的樹，蒼涼中遺下的，竟是孩童般的無辜。

她掏出她僅有的一點、陌生人的好心，善待無辜，如對待一支年幼的、空白的陰莖，在那忽起忽落、不完整的勃起當中，尋獲一份陰柔。一種被沒收了攻擊性，軟弱到近乎困頓，喪失了衝刺感，屬於摩擦與擠壓的，老男人獨有的溫柔。像貓咪腳底的一塊肉掌，像小男孩腿間的一個軟囊。

她忽然就意識到了，一隻裹著胎膜的嚶嚶小貓，聽見牠細軟如毛的哭啼。

她張著眼作夢，看見夢裡那隻浮在血裡的小貓，再閉上眼睛，走進回憶的屋簷。

她的手還沒離開老人這裡，恍惚間卻又已經移到另一個男孩那裡，兩支陰莖疊合起來，兩筆時間疊在一起，像一對失散的小貓，在夜市的垃圾堆裡相遇，遙遙對望起來。

11

她已忘記是哪個季節，只記得事情發生在「養樂多事件」之前。

鄰居哥哥家裡的貓要生了。哥哥沒有媽媽而她沒有爸爸，這讓他們成爲彼此最好的玩伴。玩結婚的遊戲，女生上男生的床。

除了貓，哥哥家裡還養了兔子，烏龜，松鼠。還有一隻受傷的鷹，是從他爸的計程車輪底下搶救出來的。一種一隻，孤獨得像個棄子，關在生鏽的鐵籠裡，晴天曝曬於花台，雨天晾在屋簷下，就像他爸，在計程車裡餐風露宿，在這不像樣的人生裡漸漸走樣。松鼠的尾巴拖在地上，頽喪如死。老鷹羽毛掉落，放出籠子也不飛。他爸出車一趟兩天才回，拚命賺錢像在自殺。

唯貓咪擁有特權，直來直往，穿梭於朽木凋敗的家門、紗網破裂的矮窗。

貓咪出外遊蕩，打架，撒野，撒歡。懷了孕，才知道牠是母的。

子宮收縮，記憶剝落，帶著輕微的疼痛。

祕密像血，流出來……母貓在分娩，已經生出一隻了，哥哥拉著她的手，帶她進了他的家。

母貓嘶叫著像在哀求，驚醒了窗簾上陳舊的月色。空氣中滿是刮痕，彷彿被貓爪用力劃過。貓身起了暴動，自己扭打著自己，把餐桌上剩菜的腥味也搗碎了。胎水肆溢，摻著淡淡的血腥，第二隻出來了，接著是第三隻，黏黏的空氣底下，稠滯著一種動物性的、狂歡的氣息，震動了兩個小孩。

一個問：動物爲什麼會生小孩？

另一個反問：那大人呢？大人爲什麼會生小孩？

一個說：你看過爸爸媽媽半夜玩的遊戲嗎？

另一個：我又沒有爸爸。

一個再說：那一定是一種很好玩的遊戲，我爸和我媽玩過以後都好高興，連吵架都在笑。

——你媽不是跑了嗎？

——我是說以前，我爸和我媽還玩那個遊戲的時候。那時候，每次我聽見半夜的洗澡聲，就知道他們還是相愛的，覺得很安心。

子宮收縮，記憶剝落，帶著輕微的疼痛。祕密像血，流出來。殊殊起身檢查月經，換了一塊新的棉。

這一晚像一筆花不掉的錢，她手中沒有大鈔，只有一堆面額一塊五塊的舊銅板，供她一次一點點，一點點，兌換細碎的小東西。

她無法一次出手就大筆出清她的回憶。回憶自有它的強制性。這一晚的時間，她只能慢慢花用，小心翼翼，帶著赤裸的羞澀，一次一點，緩慢地，兌現她的記憶。

她記得哥哥穿的吊帶褲，上面有一隻米老鼠，米老鼠的鼻子突出來，捏一下就叫一聲，逗得她呵呵笑。這種遊戲風格，於今已成低級趣味，在當年卻是不折不扣的高級品。美國進口的，哥哥告訴她，他母親偷偷回家，強迫灌毒似的在他嘴裡塞滿巧克力，送一大堆昂貴的禮物，彷彿這些東西的價格，與她的母愛之間，存在著對價的關係。——這表示媽媽決心要走了，而且不打算帶他一起走。他媽抱著他亂親亂啃，簡直是在舔他了，像一隻母獸。他忍耐著那些冗長的吻、潮濕的舔舐，親暱過頭以至於假的、絕望的擁抱。他知道那是最後一次了。

他翻出媽媽遺留的香水，灑在客廳的長椅上，要殊殊躺上去，玩大人的遊戲。衣服脫掉，內褲脫掉，身體面對面疊起來，扭動屁股，就像騎木馬一樣。

哥哥六歲的手吸附著她五歲的胸，她伸出五歲的手握著他六歲的莖囊，三歲的母貓還在受難，激動的嘶叫近乎狂喜，時而哀豔低迴，恍恍惚惚。哥哥跟著貓聲學著貓叫，殊殊有樣學樣，卻比哥哥更有貓樣。玩了一陣只覺得累，不知道這遊戲的重點在哪，這樣對遊戲一無所知的在其中翻滾擺盪，很快就要變成無聊了。

翻身，換班，換殊殊在上，搖晃想像中的木馬，在空洞的搖晃之中，加入擠壓與摩擦，加入故事與歌唱。平常她是這樣騎木馬的，這騎法總是挨罵。

正當她疲困地準備放棄這場遊戲，驟然間一個滑動，她忽就抓到了重點。哥哥在她底下循循地融入節奏，忘記眼睛也忘了嘴巴，一陣顫抖之後，發出自己不曾發出的聲音。那聲音並非出於對貓咪的模仿而是，自己的聲音。自己的，不由自主的聲音。幾乎同時，殊殊也發現了全新的、屬於自己的聲音。男孩與女孩，在遊戲中提前習得那不該習得的，成爲一對男女。暫時的男女。

黑夜像一團腫塊，壓迫殊殊的睡眠。

月光出現，溶去腫塊的上半部，卸除了夜的重量。

殊殊起身，吸一口氣，離床走動，繼續跟蹤自己的故事。

母貓生了四隻，在產後殘餘的痛覺中喘息，有人摔開紗門，進了客廳，見到兩個幼童，全身赤裸面對面，交疊在一起。

那一對身體若是靜止也就罷了，但是他們在動，在扭。那兩張年幼的嘴巴甚至，甚至，不是靜默無聲的。

他不打別人的女兒，所以加倍痛打自己的兒子。在家門裡施暴的父親，擁有至高無上的權力。他將初生的小貓抓起來，憤憤地往地上摔。一隻，兩隻，三隻，四隻，小貓還裹著胎膜，來不及張開眼睛，就已經被人的憤怒投向死亡。一聲，兩聲，三聲，四聲，不明不白的悶響，悶重地打碎了生命，也打碎了那不知該稱作生前還是死前的，唯一一次叫喊。

那是一種比纖維還短促的苦叫，一聲，兩聲，三聲，四聲，細不可聞，如安靜的石灰牆上綻裂的、一道隱匿的縫。一切細不可聞的毀壞，由此開始。

殊殊自悲傷中醒來，彷彿從自己的遺體中醒來。

這一覺睡得又重又長，醒來時疲憊不堪。

她記得那些小貓，那些屍體。她記得。五歲的她注視著牠們嘴鼻上冒出的血，捨不得移開眼睛。她驚訝於自己病態的好奇與殘忍，又猜想人們以爲病態的，其實是人的常性。她拎著自己的意識，徘徊在介於夢與醒之間的小醒，尋找夢中的那隻浮血貓，感覺自己伸手就能觸摸到牠，將牠救起。

那是她的貓，她的血，她最初的冒險。

冒險的女孩無須大人告訴，自己就懂了。未經大人允許，自己就做了。所以妖邪，所以可疑，所以可惡。她襲取了大人的特權。

然而大人們其實忘記了，成長是一連串遺忘的過程，所以遺忘的大人不會相信，女孩並不是學了新的事物，而是記起了本來的，本來的事物——她之所以「能夠」，正因爲她是一個小孩子，還沒忘記大人已然忘卻而必須重新學習的事。冒險的女孩一錯再錯，正因爲她純潔地待在遺忘之外。

所以，沒錯，是她自找的。

五歲以後的六歲那年，在老人房間裡發生的事，是她自找的。幾天前，也是她自己找上鐵皮寮的。沒錯，是她自找的。她一再重回五歲的那個夜晚，試圖翻寫自己的故事。那個被打得半死的男孩，連同被摔死的小貓，始終在場。那一對無辜的小男女，始終在場。那一段夭折的清純冒險，一直在等待一場平反。

忘記的記起了，才了解自己忘了。一度她連自己也欺瞞了過去，以爲自己在向老人贖罪，或是多麼善良的在給。於今她發現自己付出的，並非陌生人的好心，那甚至不是付出而是追討，追回被沒收的那段時間。女孩與男孩之間、乾乾淨淨的一段時間。

所以非如此不可，非招惹那老人不可。

被沒收的時間，藏在老人大腿內側，那截蒼白的肉色裡面。

終

有好長一段時間，他活著的第一個標誌，是清晨一聲帶痰的咳。

現在多了一樣：清晨不完整的勃起。

這使他的黎明變得，比黃昏更加灰暗。

女孩沒再出現。

他掀開被子，坐在汗濕的木板上，那個據稱是床的地方，吸收時鐘的滴答聲。

女孩離開的時候，床板下那顆壞掉的時鐘復活了，指針踢一下，動一格，撼動了床底的蛛網。然而當時，除了網上的蜘蛛，沒有人聽見時間在動。

屋外降下細雨。

針尖般的雨絲，刺激著陰溝裡的廢水。

水面生波，動了動，雨停後依舊是死水一灘。

女孩沒有出現。

這屋子曾經壞死，如今復甦了不少，這隻鐘雖然並不準時，起碼還會走。他甚至搜出床底的收音機，治好了它的啞巴，才剛扭開就被一串鞭炮般的笑聲嚇了一跳。收音機裡裝了新的聲音，新的名詞，新的流行語，他不在乎自己全聽不懂，他只想知道今天幾號星期幾。女孩說過幾天再來，究竟過了幾天了呢？現在人說的過幾天，到底是幾天？

他艱難地活起來，洗澡，剃頭，剪指甲，去市場買新衣，還爲女孩挑了一份禮物：塑膠花編的髮夾，她戴上一定好看。衣服貴得嚇人，然而他更驚嚇的，是自己竟然沒有殺價。他好像變了個人，這令他有點害怕。

他發現自己原來並不厭世，他所處的這個不像樣的世界，終究是他習慣的世界，只是他剛剛經歷的這件事，把一切弄得陌生了。

然而，爲了重回他度過的那個如花似錦的黃昏，就算要在七十幾歲的高齡重新改做左撇子，他也是願意的。

他面對天空，看著一團白雲堆聚成一隻狐狸，狐狸潰成貓，潰成魚，又被風驅散成一片莫名其妙的獸群。他突然意識到自己坐在戶外觀賞天色，這陌生的興趣令他感到害怕。

一道厚重的紅霞拖曳著滿天殘餘的光束，緩緩失了力氣，燃燒起來——這天空以前也是這樣的嗎？這樣從容不迫，柔豔如織嗎？他每天這樣對著它，對著它燒紙錢、啃饅頭、喝菜湯，卻直到這一刻才認識了它。

殊殊眞的錯了。她不該一時心軟，胡亂說話。「過幾天吧，」她說，「我過幾天再來。」她沒想到自己應該出面交代一聲，叫他別再等了。就像大多數人並不認爲，把一個自殺的人救活，是要負責任的。

然而他也錯了，錯在把殊殊的話看得太重。把年輕人一句隨口的承諾當眞，可見他是眞的，眞的，過時了。過時以後才開始眷戀生，眷戀活，眷戀生活，才看懂了天空，自以爲有力氣向死神爭奪，他方興未艾的人生。

他再度扭開收音機，聽見一個活潑的聲音，以某種與世情不容的輕快，介紹著一樣時髦的產品。主持人一直催，一直催，要聽眾趕快打電話，時間不多了，再猶豫就來不及了。

不遠處，就在這排鐵皮寮旁邊的荔枝樹下，那個搭營的拾荒人，正與他覓得的愛人，沉醉在一首溫柔的老歌裡面。時光不再。時光不再。他們倆不知從哪撿來一台報廢的唱盤，不認命的修了好幾天，居然能唱了。時光不再。時光不再。他們喝著撿來的剩酒，聽這不知死了多久的女人唱著：時光不再，時光不再。

女孩會來嗎？會喜歡他送給她的髮夾嗎？

一層薄薄的霧被空氣提了上來，將他與他習慣的這個世界隔開，也將他習慣的自己隔開，霧中有鳥雀在叫，有蝴蝶的翅膀閃過，他的耳朵在聽，眼睛在看，感覺自己的太陽穴底下，有血管跟著心臟在跳。

他撫弄著髮夾，將它別上自己蒼茫的髮，就在髮夾喀嚓一聲緊緊咬住什麼的時候，猛然聽見許久不曾聽見的，陌生的聲音，才發現自己，一直在喃喃自語。

界線

我必須，把這個故事從垃圾堆裡撿回來，講一遍。它不容我扔棄，除非我記得。於是我敘述，爲了記憶。記憶，以便遺忘。

●

小學那幾年，我把嘴巴閉起來，頹頹荒老著。深怕一開口就感覺舌尖……爬滿謊言的苔蘚。

我的家在城市邊緣，公車底站，一家鏽痕斑斑的小雜貨店，在便利超商的擠迫下節節敗退，東西難得新鮮。

每一天，我比同學早起一小時，搭公車，越過鐵道，進市中心上學。候車站旁有個博愛院，磚牆內收容了無家的老兵廢人，鐵門裡管束著逃家的犯罪少女。下車那站叫做名人巷，巷內的私立小學門口，泊著一輛輛名貴的轎車，鑽出一個個乾淨的小孩。漂亮、完整，什麼都有，連鉛筆盒都有十道門。他們是我的同學。

離家，上學。

自城市的直腸離開，來到心臟。

一臉下錯車站的表情。

入學第一天，我是全班第一個舉手發言的人。

老師，我要尿尿！

我開口說的第一句話，以「老斯」始，以「放尿」終。

我說的是台語，台灣國語。同學們大笑，老師不高興。我的臉上，浮出下錯車站的表情。我從家裡帶來的語言，在那個空間裡愣然地犯著錯，率直無愧，反而更像挑釁。

多年後我才發現，這事發生在幼稚園而不在小學。記憶切換了空間，將故事搬進小學教室，不只因爲它在那裡適得其所，更因爲我不許它當眞，當眞在那裡發生。

愈是不容許的，愈是在想像中警戒著，反覆排練。排練太多，竟錯覺戲已上演，甚至修改細節，在記憶裡栽贓、報復。

原來「過去」跟未來一樣，充滿可塑性。記憶與想像同樣背對現實，面向渴望，渴望平反，我的童年。

不必發生什麼可憎的罪行，只需要一個眼神，同學看工人像看到穢物的眼神。以及，對家世背景近乎偏執的好奇——你家是做什麼的？我的同學總是一問再問：你家是做什麼的？

我於是拉拉扯扯說了一大堆，用廢話填滿下課時間，掩埋那說不出口的眞相。

說起我爸……小學讀到五年級，北縣平溪人，十六歲前跟著他爸當礦工，上台北後洗車、修車、現在開計程車……似乎非得先說這些，才能爲他的人生鋪上底色。還在讀小學呢，就穿著丁字褲下地挖煤，等待洪一峰的歌聲灌入暗無天日的坑底，帶來午餐的歡呼。儘管歌聲再悲再苦，於礦工都是快樂的，象徵陽光、飽食與休憩。

至於我媽……她在家長會後跟著去逛校園周邊的精品店，最好奇的是：這樣的衣服一件要多少錢？然而她不准自己開口問，以免被人看不起。但店員並不招呼她。她的新鞋閃耀著廉價的光芒，將腳踝上繃緊的不安照得明明白白。我媽爲家長會愼重穿上的新衣新鞋，令故作輕鬆顯得格外辛苦。

我曾在作文簿裡寫下這些。像隻羽翼未成的小鴨，用力拍打翅膀，試探風的力量。我那知情的導師，深怕我辜負了學費似的，檢查我的言行、步態與吃相，像在檢查一隻擅闖天鵝水域的、越界的小鴨。「不准說尿尿，要說上洗手間。衛生紙收進口袋，別捏在手心，否則一眼就看穿你的教養。」

天鵝，天鵝，你要更像天鵝一點。

另一個公民老師：「你爸載一趟客人能賺幾塊？你媽賣一瓶醬油能賺幾塊？」她將我的成績單摔在地上，「你考的這什麼分數！」

她眞情地哭泣著，替我惋惜。惋惜我好不容易搭了上行的電梯，卻逆著階序向下走。我記得她漆成黑色的長指甲，鷹爪般攻擊我的臉頰，在我的嘴邊刮出血痕。我那來不及長硬的幼鴨的嘴，輕易被刻下記號，供卑怯記取羞憤。

鴨子，鴨子，爲何你還是鴨子！

那是午餐時間，人們在走廊間湧動。人言轟轟撞向我，像一道強風，搧動著，把我變成一件景觀，一件快要被強風拆解的違章建築。

強風也窒息了語言。

我禁止自己描寫熟悉的事物，停止在作文裡探問眞相。舌頭一日比一日沉重，彷彿地下室關上的鐵門，在暗地裡生鏽，在謊言上生苔。

撒謊成性，即連生活本身，也化作一團悶悶發臭的謊。

睡過頭，爸爸準備送我，我馬上能突然想起：今天第一堂停課。

爸爸堅持載我上學，我就在離校一個街區之外下車。因爲，我說，這是導師規定的功課：觀察學校附近的路樹，撿拾五種不同的落葉。

事後有同學說他看到了我，我答是呀，我今天是搭計程車來的。

同學說他父母不准他坐計程車，「又髒又危險。」我沒有說話。

在作文裡、畫紙上、言談中，我的父母彷彿不存在。

他們不說話、不現身、不在場。繳完學費就撤退、離場。

●

繳費，買入場券，把我送進另一邊，有司機與傭人的那邊。

當我在同學的派對上，驚奇地嚼下一片進口生肉，我爸或許正把計程車停在陸橋下，扒著冷掉的便當。

坐同學的車，開車的是我爸那樣的人，耳朵上夾著菸，光天化日剪指甲。到了飯店，會先遇見我叔叔那種人，他也是個泊車員。誤闖廚房，或許會撞見大姨，她做過洗碗工。

好在看電影並不會碰到姑姑，她只在二輪戲院收票、打掃。也絕不會碰到姑丈，因爲我的同學不吃路邊攤。

打扮得漂漂亮亮。

我把自己打扮得……像別人家的孩子，跟灰撲撲的店家說再見。尪仔標，再見。橡皮筋，再見。枝仔冰，再見。心酸的麥芽糖，再見。

爸爸，再見。

媽媽，再見。

我穿過鐵道，跨過界線，自邊緣進入中心。見世面，開眼界，以那邊的尺度丈量世界。

我記得那虛榮滿滿的一天，受邀去班長家。他英語流利、喝一種有果香的礦泉水，當眾遮住我的眼睛，把我領到一截架起的高台上，對我朗誦詩歌。其他男生陸續加入，讚美我，讚美著我所不是的一個女孩。蜜蜂傾巢而出的嗡嗡聲麻醉著我，像是念咒，要我背向自己的歷史，離開自己，成爲自己不是的那個人。

我覺得自己要掉下去了。

那即將失足墜落的恐慌，既是關於肉體的，也彷彿是道德的。

那將人置入「品、類、階、格」的力量。

我暗中呼叫不在場的人，任何一個不在場的人，將我帶走，帶離這虛矯、鋪張、華麗的陳腐、與早熟的名利心。

忽而他們出現了……來自我世界的那些人，彷彿剛從地上爬起來似的，收拾餐盤，陳列點心。其中一個像是看懂了什麼，伸手拍拍我。那手掌粗糙的質感，恍若雜貨店捆綁貨物的繩索，從世界另一頭盪過來，讓我抓著保持平衡，保護我免於墜落。

●

要花很多年的時間，我才懂得所謂「接納」：他們之接納我，不是出於一種抹除界線的意圖，而是另一種——不斷強化界線的需求。

是的，這條線會開一道縫，讓幾個人過來，或許也會向另一邊位移幾寸，圈入更多的人。

然而界線兩邊，人的移動方向，卻是不可逆的。總是這邊的去叩門，祈求那邊的人開門。那邊的人並不覺得有需要跨過界線，來這邊學點什麼、交交朋友、受一點驚嚇、或大吵一架。

那些抹除界線的手勢，終究證明了界線的力量，定義的力量，將人分格分階的力量。

就像那虛榮滿滿的一天，我爸心血來潮跑來接我，我臉色難看得像是作弊被抓。回家的路上，我爸過了很久才冒出一句話：我的車子裝了冷氣，想讓妳吹吹看的……

我爸並沒有說「不是的，我不是來丟你的臉的」，他只是在不必按喇叭時憤然地按了喇叭。那是一個聲響巨大、其實虛弱無力的抗議，他的憤怒被囚禁在體腔內，找不到自己的詞彙。因爲這世界要他用別人的語言——界線那邊的語言——思考、說話，他無法表達自己，於是憤怒只剩下聲音，沒有意見。

是啊，他成功了不是嗎？他的女兒終於跨入那個，鄙視他的世界。

●

我總算，把這個故事撿回來，講一遍。彌補我作文課裡沒寫的。

也許我又在這故事裡撒了謊，忍不住虛構的衝動，以成就一個小孩對現實的報復。一種屬於夢、屬於小說的正義感。

在這份延遲的抵抗中，我能做的，只是把故事說出來，把那條界線指認出來。指認它，指認其定義的暴力，才可能模糊它、消除它。

且讓我炫耀我爸……他曾因爲心疼兩個老兵爲兩千塊打架，當街掏出兩千塊。假如給他一晚清閒，他會在電視裡搜尋俄羅斯芭蕾、或歐洲教堂史。

然而抹除界線並不是——把上層的人描述得可鄙、把下層生活推向高潔可敬。所以我偏偏要說，假如每個人都有一項特技，則我爸那項一定是罵髒話。他還曾經土裡土氣的問道：店裡一雙皮鞋要七八百塊，難道是義大利貨？

當我這麼說的時候，無須故作驕傲。因爲，我爸低學歷、欠優雅、靠艱苦笨拙的方法、以零錢碎鈔養家這回事，毫無卑下可言。

奸細

正義有時候，僅只於復仇。
復仇有時，止於揭露。
揭露他人，揭露我。

我讀的那所小學堅持，國小與小學並不相同，國小是公立的，小學是私立的。能用面紙就別用衛生紙，皮鞋統一訂製，球鞋一律愛迪達，每學期都要換新，不可說官商勾結。

時間是一九八〇年，我十歲。同校的學生還有：蔣總統的後裔。宋美齡的姪孫。第二個蔣總統的後裔，包括他私生子的小孩。副總統的孫。行政院長的外孫。國防部長的兒子。外交部長的女兒。

那些父親母親彼此相識，在家長會上互道久仰，或說好久不見，恭喜您又升官啦，一通電話就能要到頭等病房。他們的子女在校園裡相認，問道週末誰誰的生日派對要不要請誰。

他們從來不穿雨衣，在一個靠司機接駁的世界裡，公車、機車與計程車同級，屬於髒亂的冒險遊戲。

我的爸爸沒有朋友，他沒有時間社交。假如他不把所有醒著的時間都拿去開車，就付不起我的學費，以及，比學費更高的「雜費」。

我爸是開計程車的，我媽是開雜貨店的。

我家左邊是做木工的，右邊是賣魚的，再往右是賣菜的，對面是賣羹麵的。我們是沒有職銜的，做事的。

當我們描述自己的職業時，總是要抓一個「的」來結尾：開車的、擺攤的、賣菜的，彷彿盡是一些找不到名目的、不重要的小事。還有那些「開」、「擺」、「賣」，多麼靜態的動詞啊，其實拚得好累流了好多的汗。

我們這裡沒有，沒有院長、部長、醫生、律師、董事長。這裡沒有名銜。我們無法將自己的身分，安頓在一個名詞裡面。在那所「名字就是地位，就是聲望」的學校裡，我無法承認自己的父親，是個開計程車的，說不出母親的學歷，只有小學畢業。我掩蓋自己的來歷，刷去我們這個階層的汙垢，把自己弄得漂亮乾淨，去「那裡」上學。

「那裡」的層次與質感，跟「這裡」很不一樣。那裡昂貴、無垢、不講台語，到處都有冷氣，隨便就能出國。在那個充滿司機與傭人的世界裡，我本是車伕或下女的女兒，僞裝成公主小姐，練習著一種新的腔調，說著不屬於我的語言。

像個臥底的奸細。長滿心眼，仔細看，仔細聽，把全身的官能磨得又尖又細。

奸細的眼睛看見體育老師，在空蕩的保健室裡撫摸女孩的胸。

奸細的眼睛看見訓導主任，在午休淨空的廁所裡面，以藤條鞭打男孩赤裸的屁股。那個男孩姓朱，午休時間溜進女廁，擦口紅穿裙子，噴香水戴假髮，被主任活捉當場。此後，主任只要有打人咬人的需求，小朱男孩就必須將自己奉送出去。

這一切沒人看懂，除了奸細。因爲奸細身邊同樣纏著一隻，由老師化身的鬼。

他是隔壁班的導師，高年級的國語老師。總是在公車站旁等我放學，與我同座。對著我又摸又親，假扮父親。解開我胸前的鈕釦，說是要檢查我，檢查我有沒有偷戴項鍊。一次一公分，在我的胸口畫圈，擴張他的摸索。勤快地變換手勢，掠取我身上每一塊，制服蓋不住的皮膚。

老師教我「愛」有幾畫、「正直」屬於哪個部首，一面教，一面用他的聲音渲染我年幼的耳朵，把我變成他的祕密。一如訓導主任對待小朱男孩。

一次，他來班上監考，在我座位周圍徘徊不去，自以爲偷偷摸摸其實很明顯地敲著我的考卷。我看見他豎起食指，以指腹摩擦自己的嘴脣。「哼，」我心底一陣鄙夷，「平常你煩得我還不夠嗎！」我懶懶地收回眼睛，但是他鍥而不捨，追加著敲響桌面，逼迫我抬頭仰視，他嘟腫的突兀的嘴。

考卷發回後我才發現，我空著沒答的那道題目，答案是「脣」。

（　）亡齒寒。

那不是老師教學生作弊，而是，成人對女童的賄行。一次失敗的賄行。

（　）亡齒寒。

脣亡齒寒。

我看著考卷，感到一陣齒冷。在我認識「脣亡齒寒」的意思之前，也許，早就，身處在這四個字裡面。

奸細張開眼睛，打開耳朵，仔細看，仔細聽。但是奸細沒有嘴巴，奸細不說話。最初只是無法回答，你家是做什麼的？再來是無法回答，你爲何不參加夏令營？接著還有，不去夏令營，是要出國嗎？或者，你家在哪？爲什麼不請我去玩？

其實我也曾經是個，有話可說的、老實的小孩。作文課寫「我的家庭」，美術課畫「我的爸爸」，我使用的每一個字、每一道色彩，都曾經是眞誠坦率的。爲了畫出我爸計程車上那種比檸檬更敏感的黃色，我在別人的水彩盤裡（那裡的顏色比較多）忙得不可開交。但是我的坦白換來老師過分的關注，讓我覺得自己是個來自問題家庭的問題小孩，「月考排名十八，很不錯了，」「居然考進前五名，可以當模範生了，」罵著別人卻指著我說，「連她都做得到，你有什麼理由？」彷彿我生來就適用於低標似的。

當同學自暑期的長假歸來，談論著澳洲的牧場、美國的迪斯耐，我也可以說說陰溝裡的老鼠、歌仔戲後台熱鬧的賭局。只是，我的故事總是怪怪的，缺乏異國的鳥獸、刀叉碰撞的午餐、令人驚嘆的物價、晴朗得快要碎裂的天空。

我那缺乏異國情調的生活，在一片異國情調當中，反而更像異國。

尤其，當我動用了「我家那一帶」的口音與詞彙——來自布袋戲的對話、公園裡的議論、酒鬼的瘋言瘋語——所有熟悉可愛的，於他們都是陌生的、不適的，甚至不太乾淨的。

他們說，請妳不要說台語好嗎？彷彿我脫口而出的盡是髒話。他們說，請妳不要直呼蔣總統的名字好嗎，「妳這樣好像有點不愛國耶。」他們眞的好乾淨、好有禮貌啊，連生氣的時候，都記得要說「請、謝謝、對不起」。我們這邊的人不會這樣，我們不會撒這麼漂亮的謊，除了我，九歲以後的我。

假如小孩變老，是因爲撒下生平第一個謊，那麼，我就是在九歲那年變老的。

我說的那種令人衰老的謊，不是打破東西沒做功課偷錢偷懶之後，爲了規避責任而撒下的那種消災的謊，而是另一種——什麼也沒做，只爲了模糊眞相、顚倒境遇，與欲望和羞恥媾和的、虛榮的謊。

九歲那年，我就老了。好不容易捱到換班，換了一批老師同學，我不再讓人知道自己的底細，精巧而安靜的學做奸細，假扮成自己所不是的那種人。

我記得每一學年都要填寫的，家庭狀況調查表，要填家庭收入、父母的職業與學歷。我記得自己偷偷摸摸，將筆尖移到「大學」那一欄，一面進行著複雜的心智運算，一面將筆尖移回「小學」，再移向「專科」。最後，決定勾選「高職」。

我知道，撒謊的要訣在於「可信」，鞋跟不能墊得太高，以免讓眼尖的人看穿自己是個矮子。

我愈來愈不願意接近自己的鄰居，怕沾到魚腥、或蔬菜腐爛的氣味。我甚且編出一個鄭重的藉口，魚鱗痣。我聽說，魚鱗沾上皮膚會生根，久了會長出有毒的黑痣。每到春天，就爲父母粗糲的手掌擔心——家長會上一握手，老師就會懷疑我撒了謊吧——三年級換班以後，重新塡寫的表格上，我父親的職業是「總務科長」，母親是「家管」。

而我們家的錢，雜貨店裡一塊、兩塊賺來的錢，總是十個銅板一疊，以透明膠帶捆好，拿去銀行換成百元的鈔票。彷彿一定要換成乾淨的紙幣，才夠資格拿去學校，支付班費、紙費、水電費，制服費、蒸飯費、點心費，校慶費、教師費、家長會費。

失言不語的我，總是在失眠的月光下豎起耳朵，聽夜歸的父親一面疲倦地咒罵著什麼，一面自口袋裡掏出一張張可憐兮兮的鈔票，將捲曲的攤平，把潮濕的晾起來。我知道天亮以後，媽媽會把這些零錢碎鈔送去銀行，換成體面的整鈔。下禮拜是教師節，要送老師紅包呢。

愈是辛苦賺來的錢，愈是自慚形穢。多麼無微不至的，無微不至的羞恥心。

當我說我找不到自己的同類，找不到家裡開雜貨店的、媽媽擺小攤子的、爸爸做粗工的同學，我根本就在說謊。

我的同學其實包括：學校工友的女兒。

當然，她從不承認。就像我，絕口不提爸爸媽媽，不說家裡的事。

既是奸細，就不能讓人摸清底細。

我們走進別人輝煌的家世裡面，沉默得像個孤兒、我族裡剩下的唯一一人。

我避開她，她也不靠近我，因爲我們是同類。同類與同類相靠，就有被歸類、分級，而後遭鄙視的危險。

我們遙遙相望著看懂了彼此——不是通過褪色的裙子、沒燙過的上衣、色筆的廠牌、髮夾的款式——而是奸細特有的，私密而自覺羞恥的眼神。那眼神，使我們在一團孩子氣當中，獨獨成爲，擁有成年魅力的小孩。

「妳也是嗎？跟我一樣嗎？

我們都是某一種，難以說出口的嗎？」

我並沒有這樣問她，因爲我也不想被問。

我們就這樣遠遠望著彼此，仇人般相互瞪視、不交談。各自將各自收拾乾淨，假裝純潔如紙以便假裝沒有身世。

降旗時分，我的臉頰熱烘烘的，書包裡多了一枝派克鋼筆。

我知道我不會被抓的，因爲我是模範生。出了校門離開隊伍，這枝筆就會被我扔進水溝，成爲誰也用不到的廢棄物。我偷竊不是爲了占有，而是摧毀，摧毀自以爲遭到剝奪的，一切，高貴美麗、因此無法爲我所用的東西。

我以爲，這時代無所謂是非黑白，所以人人都清清白白，不需要藉口。但是，有某個更清白的東西躲在我的胃裡，在胃壁上焦躁踏步，踏出一道出血的破綻。我覺得我快要昏倒了。於是自操場脫隊，逃進廁所，在國歌莊嚴而隆重的掩護之下，大大方方吐個痛快。

在那暈眩過後、稍縱即逝的一點乾淨的時光裡，我忽而聽見，走道最底的那扇門裡，迴盪著一種尖細的高音。

那不是歌唱，也不是話語，只是聲音，一種失語般的吠叫。

我收拾自己，收拾被嘔吐的穢物嗆得猛烈急躁的呼吸，安靜，安靜，安靜。

安安靜靜地隱匿在這，屬於嘔吐與吠叫的時間裡。自國歌與校歌逃開，在誠實的廁所裡休息。

小朱男孩顯然聽見了我，因爲我聽見了他的安靜。

他似乎知道我也聽見了他，因爲他聽見了我的安靜。

在我們獻給對方的安靜裡面，包含了同情或者默許。

（是啊，我們不像別的同學鬼叫著、衝進訓導處報告：有人躲在廁所裡面！）

小朱男孩走出那個堆滿拖把的廁間，看著我。

我跟他一句話也沒說，只是對望。彷彿山貓遇見豹子，警戒地嗅著對方的氣味，分不清彼此算不算同類。

「你也是嗎？跟我一樣嗎？

我們都是某一種，難以說出口的嗎？」

我跟他一句話也沒說，只是對望。

相視無語，反而進行了真實的交談。

小朱強自鎮定，依舊忍不住分心，看看我的褲腳。

「你發現了是嗎？發現我的褲子，比別人的短了一吋。

不過，我媽把褶邊放下來，把長度補足了。」

我管束不了嘴角跳動的一陣緊張，只好笑。

他於是獻寶似的戴起假髮，以之回報。

那是一頭澎湃的橘色鬈髮。

廁所開著氣窗，校歌唱得明亮。晚晴中，陽光斜斜打來，鞭打著我的眼睛。我的眼眶發脹，感覺他的頭髮不斷擴張、不斷擴張。他的髮中灌滿了雲，還有海浪，在地上投下一團陰影。他踩在自己的陰影上面。

我看見他踮起腳尖，以弓起的腳背想像一隻哀傷的高跟鞋，嘴裡繼續發出那種哼哼嗚嗚的怪叫，像是要掃除操場上的校歌，掃除那整齊劃一的天眞。

他好瘦，瘦得幾乎要被自己的骨頭吃掉，被頭上那頂失火般的假髮燒掉。

在那頂假髮的一個歪斜底下，有一撮纖細的眞髮冒出來，像等待一般乾枯著，枯等一陣涼風，一陣舒長的呼吸，一道赤裸的光束，還有那，棄離謊言的瞬間。

我跟他走出廁所的後門，背向那些手拉手、齊步走，由哨音與糾察護送的隊伍，面向被高樓切割的天空，等著迎接，或者，送別夕陽。

在那被稱作落日的時刻升起並且墜落之際，我的喉嚨冒出一陣灼熱的苦味，那苦味殺進鼻腔，刺進眼眶，流進我耳內嗡嗡作響。恍惚間我彷彿微微聽見，小朱男孩的假髮裡面，震動著昆蟲的翅膀。

那頭假髮是一團奢華妄想的森林，迷陷了兩隻年幼的蒼蠅。

摯敵

有一種記憶，像葡萄，凍在冰庫裡一年，兩年，十年，或者二十年，直到這輩子第一次搬家，在準備清掉之前，才看清它的長相。

這一粒粒硬得像腫瘤的東西，當初是怎麼懶得清理（要知道，清洗葡萄是很耗時費力的：繁瑣的表面積，動不動就破皮，像小孩子脆弱的自尊心），一段時間過後依然捨不得丟棄，儲存了一陣又不太敢吃了⋯⋯。其實擺爛也就丟了，偏偏擺不爛。又偏偏，不爛的東西比任何好東西或壞東西更難處理。於是不處理。

不處理。

直到搬家，不得不處理了，葡萄已經二十歲。

妳將它自冰庫的內壁剝下，像剝下一塊礁岩似的，無法界定這葡萄是活了二十年，還是死了二十年。

葡萄沒有發霉，就像故事還是故事一樣。過了二十年，故事沒有腐壞、變味，它甚至還是新鮮的。像一條封存在冰層的魚，百年的冰水化去，牠抖一抖背鰭，掀動了鰓盤，活生生游開了。

故事自記憶的凍土爬出來，咳一咳，像一粒不死的葡萄，原汁原味，還能呼吸。

故事完整無缺，我以爲。故事因遺忘的堅決、回憶的靜止，免於人爲的塗改與破壞。我以爲。就像童年收到的那些情書，一字不變，墨色不改。小學生恭恭敬敬的筆跡，幼稚兮兮的裝大人。譬如這一封，張漢傑在放學時插進路隊給我的：許清芬小姐，我在此正式向妳求婚，妳若不嫁給我，我就要去剃度當和尚。

張漢傑小朋友的，愛的誓言（由於不了解語言的重量，誤信了自己對語言的使用權，就像最不了解永恆的人，最敢於提起永恆），一字不變，墨色不改，埋在記憶的冰層，被回憶的溫度化去。他當然沒去剃頭，他的頭髮一路茂長，直到頭皮喊累的地步。

上・在發出惡臭的黑暗中

我還記得的，張漢傑早就忘了。他可能也不記得，在求婚信發布的隔天，下午第三節的體育課，他的母親與姊姊被他請來鑑定，鑑定她們的兒子與弟弟看上的女孩，是不是一個漂亮的淑女。

他姊姊眼睛細細的，剪了直線型的娃娃頭，非常的亞洲，在美國學校念初中。一口昂貴的英語腔裡裝了牙套，矯正那怎麼也看不出毛病的齒列。她翩翩走向我，橘色的裙尾被強風咬了一口，火災般燒開來，她不遮不掩也不收緊步伐，照樣明明豔豔地走到我面前，送了一隻手錶給我。

我不敢收。整座操場上我們班與隔壁班的一百個同學都在看我。偏偏我好死不死，來自一個未經禮物文化雕琢的家庭，我們家不過生日不送禮物不講好話，在拒絕禮物的時候也顯得慌張無助，拖拖拉拉的缺乏決斷，十足的小家子氣。

對我來說，父母兄姊那樣寵愛一個小孩是不可思議的。一個小孩如此坦率天真的打開心事，也是不可想像的。一家人高高興興在餐桌上聊天、睡前親親臉頰互道晚安，則根本是作怪。就算要送東西，也是姊姊送我的舊衣服、媽媽犒賞的一包五香乖乖，怎麼也不會是一份禮物，祕密般藏進漂亮的盒子裡，隨時準備跳出來驚嚇妳。當然也絕對不會是一隻手錶。——所謂手錶，是我們用原子筆在皮膚上亂塗亂畫的東西。

這是我跟張漢傑的差異，也是我跟那一班子同學們的差異。他們是私立小學理所當然的消費者，我不是。假如這所學校是一套手工訂製的進口西服，我就是代班女工（出於不夠精準的品味）錯縫上的一顆鈕釦。

巧的是我媽，她還眞的剛好在成衣廠工作呢。送我進私立小學，也出於她的堅持。她曾經在外交官家裡幫傭，在別人的世界裡窺見許多好東西、養出好品味、也養出不切實際的盼望。她堅信，假如她的女兒接受貴族教育，就有希望成爲貴族，而成爲貴族的條件是：迷倒貴少爺，嫁做貴婦人。所以她非常非常，看重我的外表。

升小六的那個暑假，我的（假性）初經來了又走，我媽燉了四物要我喝下，我不肯，捏著鼻子讓她追，直問這髒兮兮像毒水的東西喝了要幹嘛。她回答了我，答的不是「爲了調理身體爲了健康，」而是，「喝下去才會長得好、長得漂亮」，我媽說，「這樣，男人才會愛妳」。

這是三十五歲的母親，對十一歲女兒的關愛，也是一個女人對女童的忠告。

這句話聽起來有多麼現實，就有多麼浪漫：美貌，是女人擺脫舊階級的最大本錢。

所以我媽非常得意，當我在耶誕節收到四十幾張卡片、二十幾份禮物、十幾封情書。儘管我家只拜土地公，根本不認識耶穌。

我媽並未發現，她的女兒之所以備受矚目，並非因爲美麗，而是因爲她跟別人不太一樣。那些酷愛競爭、把追求當爭霸遊戲的男孩們，彷彿在我身上捕捉到了什麼，卻無法解釋那到底是什麼。

因爲自覺跟別人不同，我臉上經常掛著一種深思的表情、自我懷疑的表情，害怕說錯話，害怕被看穿。對自己的自卑心感到羞恥，眼光總是落在遠方，落在嬉鬧的人群之外。不愛說話，除非必要的話。於是竟有了深度。小學生不該有的深度。男孩們崇拜我，女孩們嫉妒我。我討厭惹人注意卻又覺得這樣也好，正好讓我宰制異性，報復同性。

誰教他們是這樣一群討人厭的、年幼的權勢者，家裡一個比一個有錢，而且那錢，不是任何一個現在還活著的人賺來的，卻靠著那錢換來權位，繼續累積財富。全然符合權貴的定義。我被請進了五星飯店，替林聖宇過生日，十個受邀的同學當中，我是唯一的女生。吃的是 buffet，那些奇怪的菜我一概不認得，只認得米粉、炒飯、還有布丁。

另一次，慶祝蘇學理得了作文比賽冠軍，蘇公館叫了外燴辦 party（公館？什麼公館？啊？許公館？……我媽搗著話筒堵住來人的耳朵，大聲喊道：許清芬！一定是找妳的！）進了蘇公館，一隻驕傲的北京犬對著我吠，一邊狂吠，短短的四肢邊往後退，膽小得要命。浴室裡，一塊漂亮的香皀擱在浴缸的折邊，新奇的桃紅色，雕了華麗的外國字；我好奇摸一摸，聞了聞，偷偷抹了一點皀香，洗把臉。晚一點，一個女傭在我不經意的注視底下，自浴室走出來，手中握著那塊香皀，去後陽台洗衣服。

我該覺得羞辱嗎？——同學放假去騎馬，我騎林麗鶯她家的三輪車（林麗鶯住在我家後面，她媽在市場賣水果，用三輪車送貨）。同學的爸媽在球場打高爾夫，我媽在家打小孩、在夜市打彈珠。

我多想變成別人家的小孩呀，變成同學家的小孩。希望家裡養的是貴賓狗，而不是老鼠和蟑螂。聽英文唱片，而不是台語錄音帶。房間鋪地毯，餐桌擺刀叉。去圓山飯店游泳，而不是在溪邊泡水。爸爸當不成律師或教授，那麼，就算是開一間文具店，也比在餐廳當泊車員要來得體面高尙。

假如你來自我這種家庭，我們這種家庭，必然學會沉默，沉默，沉默才是家庭的生活之道。爸爸工作太累了，電視關掉，不要吵。爸爸的腳受了傷，夜裡睡得淺，我想上廁所，卻不敢拉開房間的門，深怕那老舊的門軌會發出乾澀的呻吟，像一根發瘦的骨頭，吵醒父親枯燥無夢的睡眠。

安靜，安靜，不要發出聲音。廚房裡滑倒，自己爬起來就好。洗頭洗到一半沒了瓦斯，別亂叫，冷水淋一淋趕快擦乾就好。就連我的每一次咳嗽都遭到監視——生病是犯錯的行爲，體力與金錢的雙重浪費，理當遭到鄙視。——不必解釋，不要吵，別在那裡可是可是的裝可憐，我爸說，外面的世界、討生活的世界，有更嚴厲的沉默壓在上頭。

我爸工作的那間餐廳，位在市中心的「名人巷」附近。招牌小小一塊，自信的收斂在大理石牆面的凹槽裡，彷彿不稀罕似的、不歡迎人，除非很有錢的人。

有錢人不會知道我爸在這「趴」車並沒有底薪，他們沒有生存問題於是從來不會了解別人是怎麼生存的。他們之中做官的那幾個，我同學的爸爸們，吃的用的都是政府的錢，並不習慣自己掏錢，這也就難怪他們，竟然把打包的剩菜拿來充當小費——這是什麼意思！把你準備丟進垃圾桶的東西，拿來付停車管理費？本人是靠小費養家的，靠小費養家，你懂不懂啊！——我爸當然不會把心裡的話說出來。靠小費養家的人，是不能發脾氣的，不能討價還價，甚至不能拒絕那些無禮的饋贈，只好不辭勞煩，把剩菜拎回家，度過另一個半鍋雞湯的夜晚。

小男生對我糾纏不休的興趣，不是同類對同類、名犬對名犬的興趣，而是對異類的好奇：嬌貴的寵物，對小土狗的盲目追戀。譚德睿把我的照片關進他的項鍊墜子，高志浩寫了一首肉麻的詩，孫雲鵬在走廊撿起我的髮夾，追上來，我說謝謝，他說，「這是我的榮幸。」我驚訝一個十一歲的小孩，竟然也可以給別人榮幸。他們愛的那個女孩根本根本，與我無關。

也有那手法不太雅致的，譬如賴昭麟。家裡開紙廠，錢是有的，但父親學歷不高，還不是貴族。總是在頒獎台下自言自語：獎狀，獎狀有什麼了不起，回家叫我爸印一百張給我。他在我生日那天遠遠喊我一聲，「喂！許清芬！」語氣凶寒得像是跟我有仇，然後突擊似的隔著半間教室，重重丟出一個東西，砸中我的鼻梁。是送給我的禮物，一隻河馬布偶。

還有那實在不怎麼有氣質的，李明俊，繼承了他爸那種小企業主的、務實的創造力，下課間胡亂拍了我幾張照片，兜售給有興趣的人。

愈是蠻橫失禮沒氣質的，愈像我的兄弟、我們那裡的男孩。其中最沒氣質的那一個，叫做呂彥誼，住在我家隔壁巷（另一顆擺錯位置的鈕釦，但價格或許比我還高一階，因爲他家是開藥房的）。我最不願理會的就是他，誰教他是我的同類。我也從不揭發，他用什麼方法作弊偷了多少分數——妳怎麼能夠聞到他房裡的臭味？除非妳離他很近很近——同類與同類最好別相靠近，否則就有相互出賣的危險。

這群年幼的權勢者當中，有一個王者，一個挺拔的美男子，考試總是第一。王子身邊有個丫鬟，任勞任怨的一個矮小女生，總是被選做服務股長（她是半價的優惠生，校車司機的女兒，另一顆不安其位的鈕釦，另一個我該迴避的對象）。小丫鬟替王子跑腿，將我自放學的鐘聲裡拔出來，抓到王子面前，說，「這就是許清芬。」

俊美的王子看得我心臟都快停了，雖然他只看了我一眼。

才一眼，就毫不遲疑的下了判決：「就這樣？我看明明不怎麼樣嘛！」

有品味，果然是見過世面的大少爺。

他轉過頭，面向燦爛的黃昏，一聲不吭，臉上彷彿鍍了一層膜。而他的表情，就浮在那沒有表情的薄膜之上。

我對他並沒有恨，還沒有。仇恨守候在適當的距離之外，像個掠食者，埋伏在發臭的黑暗當中。

五月份，梅雨把整座台北淋成一盒濕餅乾，第四個週末，總算冒出一個清脆的晴天，閒逸的人出門享用陽光，打工的人追趕工作進度。有錢的花錢，沒錢的賺錢，餐廳外守著兩個侍衛，廚房中翻炒著忙碌的香味，餐桌上警戒著乾淨到發亮的酒杯，部長一家來店裡聚餐。沒有薪水的泊車員，在餐廳外跟部長的司機聊天。

部長一家用完晚餐，準備拿車回家囉！——老闆站了起來，電話不敢出聲，連地板上的花紋都繃得緊緊的。那一本正經、對名流不存偏見的泊車員，比部長的司機搶先一步，打開車門，微彎著腰，伸出右手，說一聲部長慢走。

泊車員說慢走的一刻，伸出了右手，他的手心並不向上，並不期待獲得任何的獎賞，他只是想要握手，想要握手而已（部長先生，我並不在乎你那一身的財富、權勢、地位，無一不是世襲而來，我並不在乎。我不會因爲你的身世而看不起你，光是這一點，就已標示了我的教養與風度）。但是部長並不領情，在泊車員落空的手上投下一個輕率的蔑視，連頭都不點一下，只留下車門關閉的瞬間、一聲堅固而充滿價値感的，砰！

泊車員要的只是握手。只是握手而已。

但是部長不要。這隻飽食終日的蝗蟲，這隻僞裝成政治家的寄生蟲，在占盡歷史的便宜之後，於周身架起高聳的圍欄，守衛、淨化、他豐饒的貴族生活。他不出手，不出聲，他不想弄髒自己的護欄。由於欠缺社會歷練，把一雙辛勤勞動的手，當作乞討成性的無賴。而他的兒子，我們學校的王子，則眼睜睜目睹了這一切。

我想像我的父親（故事一經回憶的干擾，就無可避免要動用想像，來塡寫記憶的空白），想像他呆站著，站在一條狹窄的光線中。他親身經歷的、與他被教導相信的世界之間，只存在這麼一小塊豁亮的空間。

天空奄奄一息，大雨又要下了。權勢者懶得提供任何友善的手勢。

這理直氣壯的蔑視，就是我爸告訴我的，比沉默更嚴厲的沉默。像一片久病不癒的皮膚，呼不出一口乾淨的空氣。我父親只能默守他寡言的習慣，把伸出的右手收回、收回、收回他所來自並且終將歸屬的、不可離越的那個空間。退回、退回、退回界線這邊。

此後我便暗自，將王子視作仇敵。鍛鍊我的眼神，眼白、眼珠、眼白與眼珠的比例，付出卑屈之人對卑鄙之人的、卑屈的鄙視。但是，我該如何有效傳達我的鄙視，像一個高明的球員那樣，把球準確地傳到對方手中？妳如何懲罰報復一個、對妳無動於衷的人呢？

王子看不見我的鄙視，因爲他根本就不看我。他對女孩的品味，就像任何精準的投資行爲一樣毫不浪費，只將注意力交給與他同類之人、同位同階之人。我的鄙視像一個又一個被漏接的球，跟父親伸出的右手一樣，在等待中一再一再落空。等得太久，於是連等待也算不上了。

復仇行動輾轉反側，流連退化，成了空想。我幻想與王子接吻的一刻，咬破他嘴唇並且摀著鼻子說，你的嘴巴好臭。——先有征服，才有宰制，先有暴力的施展，才有關係的扭轉，可惜的是王子並不，並不回應我的幻想，獨留我陷落在自己的角色當中，入戲很深，強扮勇敢好戰的女兒，不畏低俗的記取仇恨，在發出惡臭的黑暗中匍匐，匍匐於孩子氣的復仇行動。

我幻想他捧著一份赤誠要我收下，卻被我一手推翻摔得滿地破碎。我排練、排練、排練推翻的手勢，反覆反覆排練，卻不曾正式上場演出。因爲男主角總是缺席。

於是排練取代了演出，成爲目的。像一顆自戀的星球，以其對自身的嘲弄不斷內旋、內旋，自轉於抑鬱的愁緒當中。——除非，除非女主角提出邀請，請男主角入戲；除非我走上前去介紹自己：哈囉，你好，我是受過你父親羞辱的那個、泊車員的女兒。

（假如妳不敢表明身分，不敢揭露自己，又要如何以復仇者的氣勢，強取對方的注意力？噢噢但是妳說：我不想再重述那件事了，我只想把它藏起來，藏起它所有的聲音、顏色、光線與氣味——再高級的餐館都免不了的，漂白水腐敗的消毒味——把它藏入記憶的底層，埋進墳場或垃圾堆。把它藏進羞辱中，藏進一個不再對自己開啓、也不再對別人開啓的空間，就像一隻老鼠躲在餿水裡面。）

然而仇恨最可悲的一點，在於，它不會因挫敗而潰散。它只會轉向，轉向另一些可供報復的對象。

班上來了一個奇怪的女生，而且她很不幸的，長得並不漂亮。在那張並不漂亮的怪臉上，抽搐著一種我們看不懂的表情，像在生氣、發問，又像在抵抗什麼。嘴巴毫無意外的總在意外的時刻，掉出幾個重重的大字，彷彿罵人，卻不知罵的是誰。像是智能障礙，又像是精神異常。她爲大家提供的最新娛樂，就是嘲笑與模仿。

我從不幫她解圍，見到有人受欺負，我就感到一點安慰。奇的是她特別喜歡接近我，羞怯的手拉著我的衣袖，彷彿在說：請妳保護我就像我願意保護妳一樣。我不讓她跟，跑得老遠讓她追不上，見她跑丟了鞋子，就幸災樂禍的停下來觀賞，觀賞人的尊嚴像破鞋被踢打的景象，在這對自己一點好處也沒有的災難中，尋找樂趣。模仿他們，模仿我的同學，玩他們的遊戲，說他們說的話，穿上他們的制服，套上他們的皮膚。

把自己變成他們，讓他們將我銷毀，我就能得到安全。

有時候，數學老師會選定一個乖巧的女生，代他執行懲罰。「這次月考，有十七個同學比上次退步五分，罰跑操場五圈，請許清芬同學帶隊監察。」正午的陽光抽打著受刑人的自尊，我站在樹蔭底下，面無表情，數著圈圈，控制速度，禁止抄取捷徑，禁止縮減半徑，禁止懶散的步行。「還有三圈，跑快一點」，享受恨的樂趣。

無端端嫉妒一個女生，覺得她象徵了一切我所沒有的東西。在幫導師登錄考試成績的時候，揉揉辛苦的眼睛，把她獲得的九十八分，改成六十八分，再暗暗對自己感到羞恥。

然而她是這樣一個，溫室裡養出的一朵純潔小花，輕易對我付出信任，開開心心問我：「王子說他寧願喜歡我，也不喜歡尹筱容……這是什麼意思？是喜歡我的意思嗎？」我回答：「寧願是什麼意思？寧願是『勉強』的意思。與其喜歡尹筱容，不如喜歡妳，那應該就是兩個都不喜歡的意思。」我當然不會說，寧願這個詞，很有可能，是一個驕傲的男孩，經過某種害羞的扭轉而發出的，攻擊性的告白。

我恨我的同學。我恨他們。我恨她。這仇恨又豢養出比仇恨更低俗的情感，嫉妒，進而構成對自己的羞辱。

我帶著這份醜陋的恐懼，爲自己的人格尋找庇護，發現嫉妒最好的庇護所就是喜歡、喜歡、喜歡自己嫉妒的那個女孩，把她當作最好的朋友，一起做功課，一起吃便當，爲她整理辮子，寫很多信給她。以誇張的愛與崇拜，化解誇張的仇恨，在虛情假意的友誼當中，安置我不安的羞恥心，以及那，怎麼也打發不掉的、施虐的衝動。

體育課，測百米。我邁開小鹿般輕盈的腿，全速奔跑，愈跑愈靠近，愈跑愈靠近她的右後方，像個忠誠的影子，拚命追上身體，爲她加油打氣，崇拜她，激勵她，然後移出左腳，絆倒她。

兩個人都受了傷，我比她傷得更重一點。爲了彌補自己所受的傷害，不得不去傷害我家後面的鄰家女孩，林麗鶯，那個總是騎著三輪車，幫媽媽送水果的女孩。

我把男孩們給的情書與卡片攤開——那一個個漂亮而無用的東西、進口的文具、捨不得離開紙盒的禮物……攤開，攤開，像展示會一樣全部攤開，告訴她我擁有什麼，好讓她記起自己被剝奪的一切。然後把最好的東西收起來，留下幾樣便宜的小玩意，大方宣告，「這些我不想要了，喜歡的話可以送妳。」炫耀著不屬於我的財富，侮辱著並不專屬於她的匱乏。

——請妳羨慕，請妳嫉妒，請妳記住，記住妳被剝奪的一切。記住：妳被剝奪到甚至不認爲自己遭到剝奪，因爲妳已經習慣於一無所有。記住：妳再怎麼自命爲「森林中最美麗的一隻黃鶯」，再怎麼聰明可愛，都只能得到一點點（也就是，少失去一點點）。妳的生命仰賴妳這個族群與階級的安分守己。就像我爸我媽，他們人生至今的最大成就，不過是，把女兒送進私立小學，讓她跨過他們跨不過的那條界線，進入世界另一邊、給小費的那邊，背向自己的身世，離開收小費這邊。

妳媽賺的錢不夠給小費，也捨不得進餐廳。妳媽連衛生棉的花費都苛扣下來，要妳拿衛生紙替代。妳趴在我腿上哭泣起來，要我把上次用剩的衛生棉送給妳。我給了妳一片、兩片、三片，為了表現優越感。然後不再理會妳的索求，為了彰顯我的權力。

鶯鶯妳覺得我很惡毒吧。妳若報復不了我，就去欺負比妳更弱的人吧。等到下一個可憐鬼哭喪著臉說林麗鶯妳好毒的時候，妳或許就能懂得這個、我比妳更早懂得的道理：不正義的遭遇，在孩童身上展現的最大不義，就是使她失去正義感。

中・凍傷的葡萄

葡萄被回憶的溫度軟化了，滲出水來。

故事從破了皮的紫色傷口瀰漫出來……

確實是爛了，那葡萄。頭幾顆吃起來還算鮮美，經過回憶的加溫，一顆一顆趨向疲爛，化作出水的膿包，再不久就要脫皮了。彷彿靈魂卸下肉身，皮膚上冒出痛苦的汗。

然而紫色的傷口拒絕停止吵鬧，拒絕被拋入遺忘。在被重新記憶之前，遺忘是對創傷的不敬。只不過，那些事真的很小。太小、太小、太小了。以致其中的仇隙，也小到滑稽的程度。只凸顯了記仇者的卑微與小氣。

小鼻小眼的。不合這時代的口味。

「可以了吧，」不耐煩的聽眾舉起酒杯，「故事說完了吧？說完我敬妳一杯，慶祝這故事終於結束了。」他絲毫沒有興趣追問，追問後來呢，後來妳找到機會報仇了嗎？

他乾掉一杯稠體般冰凍的伏特加，繼續追酒，無意追加故事的細節。

「太舊了，這種故事太舊了。」他說。所謂「被侮辱與被損害者」的故事，已經已經過時了。昨天才發生的事，明日就乏善可陳，何況十幾二十年前的事？——除非，他說，除非妳口中的這個部長眞有其人，而且他至今依然非常有名、非常有權力。

他要我指出部長的眞實身分，供他進行一篇獨家報導。「否則，」他以資深記者的世故告訴我：「這故事是沒人要聽的。」

看看那串葡萄，爛得不成樣子，只有撿破爛的堅持它還沒有壞，不計較它退冰後脫皮的醜態，還有那，果肉中揮發不去的，魚血與生肉的腐敗感。

時代已經變了。過去的已經退了流行。

只有我無法忘記，除非讓我像出水痘一樣大肆發燒胡言亂語到喉嚨沙啞，無力再說一次爲止。——我要將這個故事獻給你，英俊的王子，年少的權勢者，我誠摯以對的仇敵。我之所以要把這十一歲的私仇舊恨說出來，是爲了清算並且杜絕它，杜絕它對我的影響力。我要把這個故事獻給你，我的摯敵，這是復仇的唯一方法。復仇，爲了不再以你爲敵。

這也許就是我跟這個時代，最大的疏離。在一個推翻父親、否決家庭的年代，不斷地追念父親。

我想念上一次，與父親的身體接觸。那是多久以前？我彷彿不記得了。是他打我的那一次？還是我打他的那一次？只記得在那次的碰撞中，驚訝於父親掌心的觸感，粗硬得傷人，烈火燎過的樹皮一般。我驚訝因爲我感到陌生，自從我長大、長自卑、長出心事、開始說謊以來，就不曾再碰過父親了。

倒是有一張相片，我穿著布袋戲風格的俠客披風，束起史豔文的高辮子，抱住他修長的大腿。我們兩個都笑得很大，很開心。那是父女情同父女、父女還沒被離間的日子。小學之前的日子。沒有誰以誰爲傲，沒有誰以誰爲恥。

那時候，我心底還沒長出第三隻眼睛，以之瞪視我的父親母親、他們指甲裡的汙垢。那時候，我的背上也還沒長出眼睛，以之監視那些跟蹤我回家的男孩們。我在到家的前一站跳下公車，在凌亂的巷弄裡東轉西轉，彎進公寓的樓梯間，竊賊般躲在暗處，好不容易甩脫了，仍不敢直接回家，鑽進租書店蜂巢般的書架當中，繼續避風頭。等我確定他們眞的眞的錯過了我，才怯生生回到街上，重組我錯亂的方向感。

我穿過臭烘烘漲滿動物屍臭的菜場，把男孩送給我的玫瑰花丟進水溝，再跨過水溝，像跨過一道劃開兩個世界的界線，回家。玫瑰不該越界來到我家，我們家這裡的男人是不送花的。在這不斷滴落汗水、專注於生存的小街小巷當中，花朵是一種騷擾、一種充滿侵略性的象徵，尤其玫瑰，那脆弱而高尙的美麗，最能刺痛人心。

我的父親，在我日復一日的沉默疏離當中，一天失去一點溫柔，離開自己的本性，離開我，離開那曾經在鏡頭前大笑的神情，離開那親暱抱著他大腿的女兒——那是一張黑白照片，但我記得自己身穿的那件披風是大紅色的，單純以致傻氣，不懂得隱瞞，不計較美醜。我五歲，我爸三十歲，比此刻的我還要年輕。

我不記得上一次，與父親的身體接觸，是多久以前？是他打我的那一次？還是我打他的那一次？我只記得後來，我緊緊抱住他，無法出聲說我愛你。我閉著眼睛看他，將視神經移到指尖，感覺他僵硬的背瘦薄如紙、起伏不定。

那是一個無手無臂的擁抱，無實無體，沒有溫度。只是意象，只是夢境。

夢裡只有一種顏色，一種彷彿不斷褪去的白色。

白色的褪了色，可以褪成什麼顏色？

那或許不是顏色的刪除，而是某種汙垢的添加、雜質的增生。——白玫瑰的花瓣上、生出的第一個斑點。牙齒上殘留的、語言的穢物。老牆上發腫的一塊皮屑。發酸的乳汁。被汙染的夢。仇視的眼神中、慌張自責而飄移不定的眼白，像一株送葬的百合，蕊心的花粉隨風飛散，弄髒自己，也弄髒了別人。

下・當惡香如細雨飄降

兩千年，總統大選前夕，台北的東區降下一場細雨。我拐進一家理髮廳，剪頭兼避雨。

一進門就發現這家店，有著不太一般的個性。

小姐問我吸菸嗎？我說不吸。「那幫您安排非吸菸區。」

但是整間店分明都在吸菸，我的前一排與後一排，都是吸菸區。

邊洗頭邊翻雜誌，被一組照片迎面撞個正著。

Hard Knock on Life。

這組黑白照片的標題叫做：Hard Knock on Life。

可譯作「遭遇重創的生命」，或譯作「對人生艱難的叩問」。

主角是個男性戰俘，擁有一副超現實的美貌，一雙深邃到能將月亮溺斃的眼睛，一道美得像藝術品的傷痕。潦草的金髮上，散落著計算過的凌亂與風霜——簡直像廚師灑鹽一樣，漫不精心的精準。

是的，我翻的是一本時尚雜誌。戰俘不是戰俘，是個時裝模特兒，正展示著某名牌新近推出的服裝與配件。

這組「Hard Knock on Life。遭遇重創的生命。對人生艱難的叩問」讓我覺得自己眞是、眞是、沒見過世面。——那將一切都浪漫化了的，對血汗與創傷的傾慕，簡直做作到推翻了做作該有的自覺。

另一組黑奴系列：一個帥到令人髮指的黑人，雙眼朝向遠方，望著命運般愁苦的黎明。彷佛奴隸主對其特權獻上的一份微妙的致歉。同樣、同樣、非常假仙。

在拜託洗頭小姐幫我將雜誌換成報紙的時候，小姐低聲向我抱歉，說，「眞是不好意思，晚餐前的這個時段，店裡都是這種客人。」

這種客人？哪一種？

「剛剛才起床的，」她指指路口的一棟大樓，「準備去『粉紅佳人』和『意難忘KTV』上班的小姐。」

原來如此。我懂了。

透過鏡子，我看見自己左後方的一個女子，一邊抽菸、吃飯、做頭髮，一邊在臉上打底上妝。這裡就是她的後台，她的化妝間。

我翻開報紙，讀著選舉新聞：當年的部長、王子的父親，在冗長的專訪中侃侃談論民主、正義、對人民的敬愛。他是總統候選人。

女子的外套底下，是已經換好的工作服。紫黑色的鏤空短裙，走的是冶豔路線。她從自己的包包裡拿出一瓶指甲油，修補食指上剝落的色塊。在上工之前，可用的時間只有這麼一點。

部長的民調低到可笑的程度，低到幾乎可以確定，他必將以恥辱性的低票落選。我讀著報上的分析，覺得歷史彷彿收了我的賄賂，要替我報復陳年的兒女私仇。

女子抖落菸灰的樣子很好看，有一種老練的熱情。她動動脖子說可以了，「一樣記在帳上，月底結算。」理髮師從工具箱裡撈出一隻鋼瓶，搖一搖，壓幾下，迸出一團大霧般迷濛、香到發臭的定型劑。

當惡香如細雨飄降，我聞見一種恍惚的、屬於童年的香氣。雜貨店風行一時的廉價香水，一瓶五塊錢，我曾經愛到不忍釋手。

女人站起來，對著鏡子擺一擺側臉，調整瀏海的厚度。我藉著報紙的掩護，偷偷看著她。左臉，右臉，眉眼，下巴，再看一眼我就認出她來了：她是、她是、她就是，後來搬走的那個林麗鶯，森林中最美麗的那隻黃鶯。

原來，妳在這裡。

（葡萄在回憶的高溫底下急速變老。）

我彷彿看見當年那個女孩，在三輪車上用力踩著，為她媽媽送水果。臨走前，她顧盼著。眉梢吊著眼線，輕輕掃了我一眼。

原來，妳在這裡。

（葡萄已經爛了，該拿去丟掉了——有些人一再重複某個故事，是爲了牢牢記住。另外有些，是爲了徹底遺忘。說穿了這其實是同一回事，回憶的過程總是讓故事不斷的趨向死亡。）

她輕輕掃了我一眼，睫毛上壓著一道心虛的停頓，像是要抵抗陌生人好奇的窺視。

我沒去認她，酒店小姐是不喜歡被童年玩伴認出的吧。

（在那紫色的傷口閉合之前，也許會大吐一口氣，就像臨終前吐出的最後一口氣那樣，長長慢慢、慢慢長長——跟遺憾一樣漫長地——迎向大徹大悟的虛脫。）

我不敢與她相認，我沒臉向她介紹自己。我們在各自的鏡子當中，沉默地迴避著對方的視線，比逾越少跨一步，各自將各自收好，留在界線的兩端。

北妖傳說

我沒興趣再穿上北么制服，除非我被容許褻瀆，那一片乾淨又衛生的綠。神經質的、刺激性的綠。刺激性的工整，刺激性的優異，刺激性的高傲，其實流於俗套的，立委、教授、CEO執行長、電視主播。企業家老婆，政客的妻，傑出校友。該要怎麼褻瀆那，循規蹈矩的綠呢？不必穿著它拍A片，那樣太媚俗做作，徒然暴露想像力的匱乏。但不妨穿著它走進婦科診所，加入遊行隊伍，或雙連街巷弄裡的外勞酒吧。或者像我的同學阿綠，來不及換下制服就去擺攤賣麵了。

初中畢業，高一之前，校規作廢，教官缺席，我痛快將頭髮留長，開學前再削得奇短，自以為聰明的賴掉至醜至笨的學生頭，怎料開學日就被打敗，被那個名字裡有「綠」的女生打敗：這女生的光頭，要留多久，才夠剪一個學生頭啊？

我的短髮僅僅是，十七歲的小奸小計。她的光頭卻是少女的決心。像一個流亡者，懸疑在聯考制度的櫥窗裡面，一個法外之徒，帶著即興的創意。

我們是髮禁的最後一屆，隔年就開了。這意味的並非控制的解除，而是控制的進化，於是阿綠將頭髮換了顏色。當教官指控阿綠染髮，阿綠說她沒有，她只是拿啤酒洗髮，洗成咖啡色，「教官你若不相信，可以自己試試看。」

那是一九八七年，解嚴前最後的一季春天，當值日生就像得到獎品似的，不必排隊升旗聽演講。我和綠將垃圾、黑板一一清理過後，在空蕩的走廊間遊戲賽跑，忽而撞上一堵粗重的男腔，怒沖沖吼道：「哪一班的？唱國歌還在這兒打打鬧鬧！」這威權的僕役伸出威權的食指，神經質地晃動他急躁的權威，威脅要將我們送懲，三雙眼睛隔空對峙了幾秒，直到我對綠說，跑！

我們根本沒有機會跑贏教官，因爲他太敬愛國歌，立定而不敢追捕。

那是一次痛快的奔跑，借用國歌的控制力，嘲笑並解除其控制欲。事後我怎麼也想不起教官的長相，只記得我們身上那片迂腐的綠，在奔跑之中灌進風、灌進速度與陽光，亂烘烘地脫離腰帶的箝制。我們跑得飛快，惡意且囂張地大笑，因爲我們知道：逃到哪都沒有差別。

操場上，一個穿著講究的知名作家，正等著上台演講。他的文句很乾淨，但是口袋裡很髒。下禮拜，一個市議員將以傑出校友的身分，回到這所校園，進行一場或是由助理代筆（因而言不由衷）、或是毫無準備（因此信口開河）的演說。且不論演說有多爛，都不忘在我們的制服上做文章。

是誰發明的什麼「小綠綠」？噁心死了小綠綠，只配用來包裹嘔吐的穢物。又是哪個政客的壞習慣，進入第一女中攀親帶故，「我姊我妹我妻我女，都是小綠綠！」政客演講結束，操場上依舊黏著成團的小綠綠，推著擠著要簽名，像一群二流的呆子，頂著高材生的笑臉耍白癡裝可愛，一聲令下就乖乖排隊，索吻都索到嘴邊了，又不好意思吻到底。

我和綠殘忍地厭惡教師，鄙視教官，拒絕聽講，彷彿是爲了預做準備，準備遇見一個眞正的老師。

是個代課老師，教國文，女的。第一次上課，就在班長大喊起立之後，抬出一派頹廢、赦免的手勢，阻止大家敬禮。她說，「教書是我的工作，我領了薪水的，妳們不必假裝尊敬我，尤其，妳們根本還不認識我。」她隨手一揮，就彷彿拍了全班四十幾人的肩膀，掃除了「尊師重道」的陳腔濫調，「假如我值得妳們的尊敬，那也必須由我自己來贏取。」

隔幾天，她一進教室便問，「新裝的飲水機，妳們用過了沒？」大家面面相覷，不知這問題的意思，她繼續說，「飲水機上有個標語，見了很煩，誰去把它拆了，期末考加五分。」下課後我找到那個標語：飲水思源，莫忘國家栽培之恩。

作文課，她將雙手叉在背後，跨著外八字晃進教室，在黑板上畫了一個橫，轉身丟下兩個字，「題目」，就走了。

這是我所經歷過的、最不多話的一堂課。其話語之少，不必以「句」計數，只能以「字」計算。進門三個字，作文課。出門兩個字，題目。在這五個字所夾取的、紙片般又薄又靜的時間裡，她背對著我們，在黑板上畫了一筆。廢話不說，正事也就不必依賴語言了。

一筆。一橫。她應該不是「寫」了而是「畫」了一個橫吧？假如是「寫」的，就只能是文字，假如是畫的，就不只是字了，甚至也不能稱作一個橫。

可以是「一」，也可以是破折號。是一根槓桿？還是一個分號？是馬路上的一段分隔線，還是任何一個由「一」起始的文字？也許是一截未完成的，或是任何被截斷的。

也許我錯了，她的話比我記得的還多一點，也許她問了「有沒有問題」，答了「這樣既對也不對」、「自己發揮想像力」之類的。——假如我為了展示的需要，改寫或編造了她的故事，則她或許也基於被了解、書寫的快感，回贈了我更多的想像、或精緻的謊言。一如我在她離去之際，送出一首可笑的詩，而她回贈我的禮物是，輕聲誦讀我的破爛句子。

她只教了一個學期，因爲她只懂得教我們欣賞古漢文的美麗，不懂得鍛鍊我們平庸的才能，考出比高分更高的分數。臨走前，她指指綠，再指指我，說，「妳們兩個，我希望妳們兩個願意記得我。」

我沒有說我願意，因爲害怕自己聲音裡的顫抖，那激動彷彿戀愛，卻又不是戀愛。我渴望她的注視，想要變成一個値得她喜歡的人，但我並不喜歡她的長相。雖則一身男裝，外八字，雄健得很有架勢，那咬緊牙關思考著的、沉著的下巴，揮發著檳榔的香氣，一種斯文的流氓氣，但是她遼闊的門牙，偏偏，岔離了浪漫的情調，不適於接吻。

與她揮別時我並不預知，同一天傍晚，田徑隊的隊長會被刺殺，而殺她的是個迷戀她的一年級生。以及，（畢業後才認識的一個學妹告訴我的）隔日的週末放學時分，有個脆弱的女孩，因著愛人變心，在公車上軟了雙腳，癱瘓了身體。她在公車上哭昏過去，綠制服落地，黑裙不由自主攤開，露出一截內褲。那件潔白的內褲底下，有溫熱的血暗暗湧動，而女孩知道自己腿間流出的，並不是經血。

所以有什麼好奇怪的呢——當一個無聊的校外人士，寄出一封憤怒的信，譴責一個北么女生，竟然在國殤其間，與一個高中男生疊坐著，在火車上公然親吻。

國殤的定義：蔣經國的葬禮。

愛國者記下綠制服上的學號，向訓導處揭發。愛國主義者最愛的就是告密，即使阿綠光明正大，絲毫不打算掩藏。那些被稱作師長的人，像一個個好色的清教徒，恐懼情欲的力量，忍住發脹的下體，恨恨地搗著鼻子咒罵，彷彿青春會發出惡臭似的。

我怎麼也忘不了那最後一天，阿綠如何把她的制服燙得筆挺，就像畢業生那樣。她已經被開除，早就可以滾了，卻堅持考完期末考。

最後一堂是數學，阿綠的天才科目。她飛也似的解完所有題目，搶在敲鐘收卷之前站起來，報答案。就算遭到放逐，仍要繼續褻瀆，那僞善而機巧的綠。褻瀆並且濫用它，混淆其象徵意義直到分裂，直到成爲意義的廢墟（樂園）。

那些埋頭抄寫答案的同學們，直到此刻才零零星星抬起頭，對著綠說「其實」、「其實」，「其實我也……」「其實我並不……」。其實，這一整班的少女個個懷著心事，一面忍受一面詛咒著體系加諸的權力，爲了顯得正常（正常地投入平庸、投入競賽），一面撐開手肘擠進核心，又妄想保持距離。而保持距離最便宜的方法就是，拒絕看清，於是也就不必去改變什麼，尤其不必改變自己。一面抱怨，一面據守在一塊小小的、安逸的座位上，一面拒絕其意義，同時不無羞愧地享受它帶來的小小虛榮，以及，對前途的許諾。

昔日那光頭的流亡者，帶著她最新的即興創作（一場無效的期末考試），拖著書包走出校園圍牆。那步態，彷彿一個不知天高地厚的小孩，想要走到一個沒有路可以走到的地方。她已經不是小孩子了（謠言傳說她曾經拿過小孩），卻依舊不懂得害怕，獨自面向山窮水盡，走入寂寂的遼曠，做一個不降的妖。

我以爲故事會停在這裡——關於一個被除名的人、我青春期最好的際遇。但故事像一條陌生的小徑，在盡頭處轉彎，開出奇異的風景。

畢業後我在報上讀到這樣一則消息：有個退休教師，經常去住家附近的一個麵店晚餐，某一日用餐過後，向店主表明自己要搬家了，然後在桌上留下一包東西，作爲告別的禮物。這個人丟下的，是四十萬的現金，隨著這份禮物丟下的一句話是，「給你們的女兒念書。」報上說這個人是個女的，姓林，教國文，曾經在北么任教。

我花了三個禮拜，動用了一些「關係」，總算找到她的地址。接著再花三個禮拜猶豫、壯膽，踮起腳尖偷偷摸摸地徘徊在她住處門外。那是一個晴朗的週日上午，我聽見門縫裡的動靜，猜想她要出門了，於是躲到對街。

我的心轟轟隆隆承受著鐵門打開的撞擊：是她，沒有錯。緊接在她身後走出的一個俏麗女子，多麼眼熟，竟然是綠。我想我沒有什麼好嫉妒或心碎的，她們兩個是我在北么最好的際遇。我在回憶裡呆站著，耳邊響起我送出的那首陳舊的詩：

傷口是鹽
門縫是睡
婚姻是潦草
香水是墳塋

吻是蒸發
拉鍊是目的
床是後悔
汗是呼吸
明明　是　不可能的
你　是　我不想遺忘的

後記：

最末的這些，不知該不該稱作詩的幾行，第二句，是從夏宇的詩作裡拎出來的。應該說，這首詩來自對另一首詩的、遙遠而模糊的愛戀。故事在《人間副刊》發表後，有朋友說這首詩莫名其妙，色瞇瞇的，怎麼也不像一個高中女生寫給高中老師的。我曾想過重寫一首「對」一點的，但是你知道，對一個不懂詩的人來說，改爛詩比寫爛詩要困難得多。於是我決定留下這個敗筆。

一個很了解我的人曾經這麼說我：「妳這個人哪，不論打扮得再好再美，總會遺漏一個小細節，洩露妳其實，根本，一點也不懂得打扮。」我覺得他說得對極了，而且不知道為什麼，我好喜歡這樣的他眼中看到的我自己。就好像談著一份美麗的戀愛，而旁人都在納悶：妳怎麼會喜歡這個人，這樣一個沒有大用沒有才華的人。不知道為什麼，所有可愛的，都藏在這「不知道為什麼」裡面。

野妓天晴

今年除夕，我再次接到天晴的電話：小束啊我是小晴，對不起啊今年，我還是沒辦法還妳那三千塊，我的發票都沒對中，不過八月有一張中了兩百，我要跟妳說新年快樂，妳借我的那三千塊我不會忘的，不會忘的。

女人二十四歲而像十七歲，也許漂亮，也許可愛。也許，也許，再怎麼也許，也抵不上十三歲而像十七歲，性感絕對。天晴就是這樣。她是我第一個情敵，也是我第一個愛人。

天晴的豔名是一夕傳開的，有個摩門教的腳踏車青年，在一個涼夏如水的夜裡，穿著乾淨而標準的白襯衫黑長褲，跪在她家門口大聲唱歌，這美國人唱的英文歌雖是沒人聽懂，但大家都懂得他的意思。當晚整條街廓的男孩們，像是要跟金髮碧眼決鬥似的，都在心底暗暗承認自己，也是喜歡天晴的。

一夕間，男孩們爭辯著她臉頰上的那顆痣是什麼意思，並且堅持它不是黑色而是寶藍色的，像在指認雪地裡滴落的、一個看不懂的字。他們著迷於她透明的膚色，與其上發光的藍，彷彿那是一顆新生的星球，重組了宇宙的秩序。

男孩們鬼鬼祟祟跟在她身後，製造衝突，拉她頭髮，用傘戳她，擋住她去路卻不敢掏出準備好的禮物，只好罵她賤，像一群幼稚的獸，一個個剛斷奶似的，愛吵愛鬧又愛跟，黏著賴著占著天晴，追隨她一路逛進黃昏市場，擺出一臉不甘願的表情，然後心甘情願搶下菜籃，把冰棒塞進她的手心。

天晴小小年紀就負責買菜煮飯，她何止早早就斷了奶，我懷疑她根本不必喝奶不必長大，她一落入眾人眼底就已經熟了，小巧的乳房突出來，像一雙好奇的眼睛。

天晴並不知道自己已經熟了，照舊穿著她的夏日汗衫在月光下嬉戲，那件舊衫經過時間的搓洗，薄得像紗布，帶磁一般吸住她的身體。她媽並不教她遮蔽自己，她媽忘了女兒也忘了自己，只記得神佛，把家裡漆成一片死白，白桌白椅白地板，連拖鞋和電視螢幕也漆成白色，說自己是仙不是人，不能跟丈夫這種凡胎同床共枕，不吃也不煮，把自己的床搬進廚房，加兩道鎖，將人生反鎖在她的「天國白」裡面。

一切都遭到杳沒。所有的都空了出來。

天國白卸除了顏色與形狀、皎潔與晦暗、美麗與混亂，抹拭了空間的深度，也吃掉了她媽的母性，所以，當天晴她爸決定將妻子送進療養院，圍觀的鄰居們都很配合，他們認眞地指著白色的救護車，對著下車的白袍男女喊著：天國的使者來了，來接妳了。當她媽不哭不鬧乖乖爬進救護車，圍觀者爆出歡騰的掌聲，彷彿在恭喜她媽果眞，果眞去了天國。

天晴就這樣看著她媽，白衣覆著白褲，白鞋套著白襪，白帽壓著白色面紗，白手套提著漆上白皮的行李箱，摟著一顆白色枕頭，踏進她的白色天國。就這樣，天晴不哭不鬧的成爲半個孤兒，在父親恆常缺席的夜裡，隨不同的玩伴遊蕩冒險，在垃圾堆裡挖寶，探尋鼠群的聚落，造訪新增的墓穴，或潛入公寓頂樓，生營火、吹氣球、辦舞會。

天晴她爸總是不在。總是在路上，開著夜班貨車。當一個總是不在的人突然現身，嚇壞的總是那不該在場的人。譬如我。我急忙收回搭在天晴肩上的手臂，整理玩具，歉然起身，鞠躬告退。好險我也是個女生，她爸並不懷疑我什麼。但這並不會使他和善一點，照樣恨著一張臉，摔開紗門冷冷說道：野孩子，滾出去。

天晴她爸賺錢比誰都努力，所以冷峻異常，對遊戲與笑聲充滿戒心，乾巴巴的臉上瞪著凸凸的大眼睛，眼窩繃得緊緊的，像一隻被拔光羽毛的貓頭鷹，一臉飽受驚嚇似的嚇著別人，更適於被稱作令尊、父親，而非爸爸或爹地。

冷峻的父親回到家，見女兒半裸的身體就罵，口口聲聲沒教養，彷彿她不是他的教養，眞不知是管教女兒，還是保護他自己。她爸跟後來那些看不慣天晴的人一樣，無法收拾自己的恐懼，於是怪罪天晴。只有我了解天晴，她獨特的性感，在於對性感的一無所覺，於是不懂得收斂，每一寸肌膚都是驚險。我在她家客廳吻了她，她素直得不去區分這算什麼，女生跟女生算什麼，一如女生跟男生也不算什麼。她忽略肉體的價值，沒想過惜肉如金，不像別的女生，懂得把身體存起來，以便交換別的東西。更昂貴，或者更高貴的東西。

每個女孩一生中，總遇過一個女神般的人物。我的女神就是天晴。我迷戀著渴望靠近，亦步亦趨成了她的密友，她的影子，分享男孩們集體的注目，感覺自己也受到崇拜。我愛她，模仿她，渴望變成她，又覺得自己配不上她。我愛她，保護她，爲她動怒爲她笑，但是偶爾，當惡意爬過心底，偶爾，當她不經意忽略了我，我就無法不暗暗恨著她，恨她讓自己看起來像個丫鬟，像個配角，像個對照。我爲不滿自己而對她心生不滿，繼而想要取代她，讓她反過來臣服於我。

或許嫉妒本是愛慕。渴望她，認同她，變成她，取代她。

所以，當我發現天晴喜歡小拓，便自以爲也愛上了拓，私下跟天晴競爭著。我奸巧的心機細不可察，像陰森的濕地裡、暗中生根的蕈絲：假如我讓拓迷上我，則表示我配得上晴，且天晴也不會被拓搶走。如此，在我們三人當中，身爲第二個女生的我，就不會被排除在那「兩人份」的幸福之外。

美麗的事物躲在人心的算計之外，在奔放的夜色裡繾綣綻放，我還來不及耍弄我早熟的勾引術，就無可避免的遭到排除。天晴與拓送來一張手繪的喜帖，說他們要在公寓的樓梯間結婚，有厚厚的、潔淨的紙箱可以當床，灌進來的涼風帶著花香，在那裡唱歌說話充滿回音，連吵架都變得好聽。「妳要不要一起來？」他們說，「來做我們的小孩。」

嫉妒的毒汁自我胸口噴飛而出，製造了一陣混亂的疼痛，隨即輕飄飄的散失了，找不到依附——我發現自己不知該嫉妒拓還是晴，我分不清自己想要哪一個。假如我詆毀天晴，對她施暴甚至潑她鹽酸，人們會說這一切僅出於妒恨，不會懂得我心裡還有別的。別的感情，別的恨。

然而我是這樣現實、懦弱，連仇恨也軟趴趴的，邊恨邊恐懼著自己的恨。我什麼也沒做。再見到天晴已是半個月以後，看似一樣的身形、面容，卻浮現異樣的影子、線條。她走路的樣子變了。我從斜陽拉長的影子裡，捕捉到一種新的步態。那節奏，像是要逃避自己似的驅趕著自己。——總之有哪裡不對，有個細節被置換了，像一張經過竄改的相片，卻指認不出錯在哪裡。

她的臉生鏽了，聲音也腫了，對著我說「不見了，全都不見了，」說完她又重複一次，「不見了，全都不見了。」她的聲音像是泡過防腐劑，潮濕而腥重，脣顎間的肌肉鬆弛渙散，咬不清字的輪廓，整句話便這麼潦草地滾出嘴巴，「不見了，不見了，」她一再重複著，「全都不見了。」

是天晴她爸，她爸不見了。有人說是被賭債逼的，說她爸在三重的賭場日日夜夜泡了兩個月，賭得又狠又凶，不要命的將自己投進去，「遲早要報廢的。」那人說天晴他爸在賭桌上一臉悲傷，一點求勝或怕輸的情緒都沒有，也看不出一絲絲遊戲的快感，存心求敗似的，像在自殘。

另一個愛嫖妓的說天晴她爸，鐵定是跟女人跑了，這人且信誓旦旦，說自己曾經不止一次，在妓女戶暗紅的廊道之間，與天晴她爸擦身而過，又說妻子瘋成這樣，他若是搞上哪個女人，也是不必責怪的。

對此，我有不一樣的猜想。我猜天晴她爸沒有賭債也沒有女人，他爸想逃離的正是天晴。他那根父親的屌脹到發痛，必得在犯下滔天大罪之前，逃進隨便哪個女人的身體裡面，在濕熱的沼澤裡閉上眼睛，學習忘記天晴。他必須保護自己。

假如你見過他看著自己女兒的樣子，就會相信我的。

他的眼眶久久煎熬著，熬成滾燙的紅色，黑眼珠冒出混濁而熱烈的血光，像兩塊被鎚打的鐵。我避開他的眼光，依舊感覺高溫撲上來，連我帽簷上的塑膠滾邊，也感染了那高溫，燒焦般捲曲起來。

她的父親總是在生氣，總是暴躁地罵著、摔打著什麼。

著火的父親，擋不住皮膚底下的內亂，在將自己燒死之前，掌握最後的逃生機會，並且在奔逃之前僅剩的最後幾秒，恨恨的丟下一次憤怒的思念。他怒視著天晴，在這父不父、子不子的，最後的時刻，一眼，一眼，一眼的，剝開她熟睡的裸體，然後再一眼，一眼，一眼的，爲她一片，一片，一片的，把身體遮蓋起來。

其後據說天晴病了一場，高燒三日，孤伶伶的沒人照顧，燒壞腦子，傻掉了。另一說是遺傳，說天晴比她媽更早熟，連精神病也早熟，還說遺傳就是一串誘發的家族史，是天晴的父母留給她的。我拒絕替天晴選擇是瘋是傻，直到她嶄新的笑容嚇到了我。

那是一種全盤交託的、毫不保留的笑，露出全部的牙齒，完整的綻裂開來。暴露得過分，簡直跟公然裸體差不多。然而那呵呵的笑聲裡似乎找不到什麼內容，缺乏語言的性質，只是聲音，只是顫動。彷彿來自一個聾啞人。幾乎連笑也算不上了。那就算是笑也與我無關，我懷疑她是否還認得我。

彷彿被沖刷變淡似的，天晴一片一片地失去內容，愈來愈接近空白。但她的白跟她媽的並不一樣，她媽的白是漆上去的，是一種增加。濃稠地，帶著積極的痛苦。天晴的白是一種消滅，稀薄地，帶著消極的遺忘，撤退到擁有記性之前，有時又彷彿恢復許多，回到即將重新喪失記性的邊緣。

她忘了許多事，遺失了對人的好惡，也因此失去了吸引力。誰還有興趣追求她呢？假如不會被拒絕的話。

她的腦袋彷彿經歷一場暴雨，沖毀記憶的軌道，將她跟我跟拓分開，我們陷在各自的泥濘裡，抵抗一切將我們錯開的力量。一開始，我跟拓每天每天黏著她，好累好累。漸漸變成兩天，三天，一星期找她一次。然後變得不定期，不確定，不重要，不怎麼在乎了。各人在各自的泥濘裡結成團塊，結束十三歲的童年。

一切都錯位了。從天晴生病的那一刻開始，遺忘持續著。記憶崩離如殘破的土石，好不容易緩和下來，讓我得以在臨時搭建的便橋上暫停一下，向天晴抱怨我苛酷的國中生活，卻見她彷彿不在似的什麼話也不說。我用力扯動她的肩膀，要她說話，得到的只是這一句，「我有說話，我現在正在說話呀。」——土石驟然崩落，差點砸到了我，山崩與泥流並未停止，我必須再閃遠一點。

大概又過了兩個月吧，我看見天晴走過的路滴著血，檢查她的身體發現月經來了，才知道她沒穿內褲。天晴在我手裡來了月經，由我替她穿上內褲，教她使用衛生棉——她早就長大了不是嗎？長大的女生發出帶血的訊號，是長大了還是老去了呢？或者這是一個女孩的投訴，訴說自己其實並不如人們想像的那般早熟。

然而天晴終究是天晴，等她適應了自己的新人格，適應了那攪拌了瘋癲與傻氣的遺忘，她的身體就像適應了新的環境，重新代謝，換了一身全新的皮膚，就像白蛇蛻去舊皮。

我記得那個傍晚，騎車經過頹敗如廢墟的小公園，看見一個背對的人，一雙背對著夕陽的手臂，脂水淋漓，鑲著金光，沒有一點贅肉，纖細卻不見骨。我看得出神，差點從單車上跌了下來：大把大把的青春，整束整束的收在那雙手臂裡面，上一秒還太年幼，下一秒就該老了，然而這一秒過完，還有下一秒。

天晴像是被我的目光驚動了，肩膀輕輕顫了顫，回過頭。刺目的陽光洗去她的表情，在她臉上投下優美的陰影，我看見時間顫慄著挪動腳步，爬過她的臉孔，有光點在她嘴邊跳動，遺落生命的碎片。

她在華麗的流光中輕輕轉身，轉離原先的姿勢，過渡到自身之外。

陽光戳刺著，我的視覺潰散，碎成一片一片，彷彿目睹天晴在我眼前分解、流散、崩離，不能自已的流向自己之外，化做一片空白，任時間無邊地傾注。

不見了，不見了，全都不見了。妻子不見，丈夫不見。母親不見，父親不見。父不見，子不見。天晴不見，女兒不見。我不知道她爸在逃離之前，究竟有沒有躲過逆倫的罪，我只知道我記得的那個舊日天晴，在一個壯麗得彷彿可以銷毀一切的大晴天裡，消失解裂，變成一個陌生人。

陌生人不再開口向我投訴，任何一個完整的句子。陌生人身邊多出一條狗，他們不必說話，所以比同類更親。不受語言汙染，沒有利害關係。純然感官的親密，亂滾亂親，免除了做作的親切、人爲的你我之別。

小狗對天晴一無所求，給的愛全無條件，牠閉著眼睛，無邪地享用她的愛撫，她也閉著眼睛，沉醉在皮膚與毛皮的摩擦裡面。小狗放肆玩耍，追著她又咬又舔，撩開她的裙襬，深入她的腿間。她裙襬下的世界坦蕩蕩的，似乎連內褲也是多餘的。

天晴總是廝混著，任誰都好，任誰跟她玩耍都好。連日的大雨之後，蚊蟲滋生，衛生局噴灑毒藥，宣導「科學除蚊」，她好奇的一路跟著，吸進滿腔毒氣，昏頭昏腦上了灑毒人的小貨車，說了第一次「好」。一旦說了第一次「好」，答應了第一次，就會一直說下去，一路答應下去。

年底天晴大了肚子，我打聽到一家診所，帶她擠了一小時的公車，來到萬華。掛號的問幾歲，我說十四，護士說回去找爸媽來，我就搬出事先準備好的說詞，「是松山的櫻里子介紹的，打七折，順便結紮。」

天晴握著我的手，鎮定得像一株植物，彷彿什麼都知道似的。我幫她取尿驗尿，送她上手術檯，在她打了麻藥以後，親吻她的臉頰，像一個挺身負責的愛人。我奉陪，我承擔，這孩子我認了就是我的。

小拓做不到這一點，因爲他是男的。他無法吞下別人的帳，無法陪天晴走進診所。他人已到了門口就是走不進去，臉漲得通紅，好像隨時會遇見熟人似的，而他怎麼也洗刷不清。

拓對天晴的喜歡是有條件的，因爲他不像我，我怎麼也得不到她所以不在乎她變了樣。然而小拓，對自己擁有的事物產生控制欲，這是人之常情。他對天晴的那種末婚夫式的、帶著鑑賞力的感情，是一間沾了潔癖的屋子，當世界變硬、空氣變髒、女人出了亂子，這房子就呼吸困難。這不能怪拓，誰叫他是個男的。

天晴甦醒以後，我遞上稀飯、熱牛奶，一口一口餵食。她小口小口咬著食物，身體警戒著微微的痛楚，不呻吟也不說話。我花錢請人閹了她，這使她成爲我的，我的，我的流浪貓。

過完新年，春天就來了。鄰居們帶著洗心革面的盼望，爲天晴弄了一個水果攤。天晴算錢算得很慢，但大家有的是時間，耐心等她，或自己找零，誰也不忍心坑她一塊錢。她的柳丁病懨懨的，芒果酸得像柳橙，西瓜有豆沙的口感，然而大家買她的水果，圖的不是甜美多汁，而是道德上的舒適。

當時大家毫無警覺，時代已打翻了這座城市，這城市的崩潰已悄悄從邊緣開始，從這裡開始。翻覆，潰散，發炎，腐爛，割除，整修，淨化。邊緣的人甚且還不知情，就已經被旋進時代的齒輪，滾得鼻青臉腫，流離失所。短短半年，時代就移走了老鄰居，7-eleven 鏟除了雜貨店，警察趕走地攤，夜市消失不見。

奇怪的陌生人搬進來，怎麼看都嫌天晴奇怪，任她的水果在黃昏裡發爛。

時代爲城市帶來新的規範，注入新的秩序。路權，地權，經營權。警察，罰單，紅黃線。攤販四處逃竄，賣藥的收起發達的四肢，不再打拳也不再吹牛。小攤商互買互賣、互助會般的生存鏈，與黃昏中油煎食物的香味，隨公車票亭一併消散。孩子們離開街頭，綁在書桌前用功，不在路上跳格子，不進公園打棒球。直到一個老芋仔吊死在後山的相思林裡，大家在葬禮上見了面，才知道這老頭被人坑光財產，賣饅頭維生，已經好久了。好久究竟是多久，大家並不清楚，只是你一言我一語的說這年頭，誰還跟挑夫買饅頭呢？

這個吊死樹頭的老兵，花了一輩子等待，等待一場永不發生的戰爭，一個不曾兌現的威脅。那威脅成了一種詐騙，騙眾人交出自由與意志、理想與青春。小拓當兵以後變了個人，整個粗掉，浪費掉了。軍中的磨練沒有使他變得深邃，只有粗糙。那不是滿口髒話、亂丟菸蒂的那種表面的粗糙，而是對溫柔的輕蔑。他邁著被軍靴框正的腳步，踏死一隻受傷的蟬，頂著被軍帽箝制的頭顱，撞落初綻的花苞。然而這當中最可怕的浪費是，他對這樣的自己，絲毫不感到惋惜。

天晴在變化中守著不變的水果攤，像在守候眾人的良心。無根無基的，暫棲於公園一角，孤單地頂著無聊的夕陽。鄰人的良心一個一個因疲倦而缺席，陌生人的良心更是健忘，也就難怪天晴經常跑開，把攤子留給孜孜不倦的蒼蠅。

她跑到附近的工地裡，在收工後的晚風與暗影中乘涼，感覺有種莫名的力量，蕩漾在她的裙襬底下，拉扯著，令空氣靜不下來。她在公園的夜色裡盪鞦韆，感覺一陣痙攣突然從木板底下冒出來，襲擊她，誘使她伸手，撫慰，以平息那震動。

有個男人找上了她，她跟他擠進公園廁所，再蓬頭亂髮地走出來，回到光天化日底下。其中一人給錢而她收下了，於是她成爲一個妓女。這疆界不明的身體自有一種勇氣，體驗的勇氣。像一朵自開自滅的花，將自己從文明的手中贖回大地。

總有人看不慣的，以言語攻擊著：「把妳的衣服穿起來！」我杵在一旁有氣無力的回嘴道：「她明明有穿衣服啊！」然而這句話，就像天晴對我說過的那句「我有啊，我正在說話」一樣，豈止廢話一句，根本就否證了自己。強調她有穿衣服，等於承認她簡直什麼也沒穿。「我在說話」這句話，說的是「我什麼也沒說」。

天晴太透明了，這汙濁的世界看不清她，爲平息恐懼而咒罵起來。她只管簡簡單單的赤裸著，任憑風雨吹過，不需要武器，也不需要狡計，她能倚賴的不是法律不是禁令，而是道德主義的遠離。儘管這不保證讓她免於欺凌。

她曾帶著瘀傷來找我，也得過病。她下體流的，並不總是經血。偶爾餓得發慌，在我家廚房狼吞虎嚥。像一隻流浪貓，對我殘存著某種動物性的記憶與信任，不時爲我帶來一束野花，或一串瘦小的葡萄。

她的身體敞開著，可以體驗最壞的，也可以體驗最好的。人心有多險惡，她的處境就有多險惡。關鍵在於人心，在於陌生人的心。

夏天老得很快，初秋這裡來了一群陌生人，一群男性工人，他們受雇拆掉公園，打掉廁所，鏟除樹木，在這條街上興建第一座電梯公寓。

這工程進行多久，天晴就賣了多久。這裡進出過幾個工人，天晴的身體就進出過幾人。先來的總是這麼告訴後來的人：去找那個坐在舊公園入口，唯一一個對著陌生人微笑的女人。

每個人總有什麼可賣的，既然沒人要養她，沒人愛她愛到願意給她一個家，鄰人忍耐著收起批評，直到公寓落成，地價飛漲，社區成立委員會，驅逐浪人，清掃垃圾。

老房東過世了，兒子剛繼承就想賣掉房子，不願再供天晴無償住宿。幾個社區委員開了會，決定將天晴她媽從醫院接出來，把天晴還給她媽，「讓她們母女團圓」。於是天晴她媽回來了，從她的白色天國回來了，但她穿的竟然不是白色，而是另一種嚴肅的藍，依舊無垢也無皺褶，癖一般潔淨。

隨她離開的那口皮箱，也跟著她一起回來了，上面的白漆像脆皮似的裂了縫，縫中擠附著頑強的垢。她的臉孔像一座廢墟，昔日的廟寺被夷平了，改建一間灰泥的小教堂，她說她改信耶穌，打算帶天晴遷居教會經營的救濟院。

她們離開那日，天空晴朗得不帶雜質。我目送她們母女，和睦而哀傷地背向我，牽起手，腳步漸淡漸遠。——這城市終究餓不死人的，我告訴自己，餓不死，意味著「不是不可以」袖手旁觀。我不說「可以」，也不說「不可以」，我在這鬆弛的道德世界裡找到一個令人不那麼不舒適的說法，我說「不是不可以」。

這城市再怎麼殘酷，終究餓不死人，我何妨原諒自己。雖則我也懷疑，唯有不可原諒的事，才渴望著原諒，但我畢竟只是一個小孩啊，我沒有監護的能力，而且我已經累了，只好任自己與天晴失散，失散於我們共有的十七歲。

隔了兩個冬季，天晴跟她媽來看我。大年初三，中午不到就按門鈴，門一開就送上禮物，是幾顆枯瘦而疲軟的芭樂，上面長滿褐色的斑點，不知是老斑還是屍斑。我羞赧地收下禮物，彷彿替她們感到不好意思似的，拜託媽媽準備一桌午餐。

天晴胖了，白白的臉上滋養著新的蒼白，像雪地上新增的雪，人來人往的踏出淺淺的髒汙。她變得好有教養，太有教養了，滿口是的，謝謝，對不起。爲她夾一口菜也謝，添一點茶水也謝。謝謝，謝謝，一次一次鄭重的說著謝謝，彷彿一個剛剛學會說話、敬重語言的小學生。我聽在耳裡，卻感到一種充滿負擔的、精神的淤積。

天晴又開始講話了，我卻感覺不到她的甦醒或歸返。昔日的天晴離開了，卻沒有跟最初的那個生病前的天晴團圓，我面對的是第三個版本——出於她母親的統治，與救濟院的調教。整頓午飯，她是這樣謝謝，謝謝，說個不停，儼然成爲「彬彬有禮」的陰性辭，把我弄得緊張兮兮。像一個還在建立功能的機器人，把自己訓練得又禮貌又乾淨，深怕被人放棄似的。

當她說她想念我，我被自己的感動驚嚇得掉出淚來。但是當她說非常謝謝我過去的照顧，我又覺得這客套得像是演練過的台詞，於是連她對我的想念也變得不眞實了。她學會的這些話語，像一堆新長的雜草，遮蔽了她的本色。

她不再是令我神往的、四季之外的第五季，被季節野放的大晴天。她長出季節性的雜草，依著時令說話：新年快樂，恭喜發財，年年有餘。她甚至學會對著照相機，豎起食指與中指，比出勝利的手勢。

我沒問她們靠什麼過活，有沒有領取精神障礙津貼，領的是一份還是兩份。不問就不必聽，不聽就不會知道，她的日子其實有多艱難。直到下一個大年初三，天晴再度出現，這次是她獨自一人，像窮親戚回娘家拜年，拎一袋剩菜當作禮物。

她又胖了一圈，外套都扣不起來了。仔細再看幾眼，發現她胖得並沒有那麼過分，是因爲沒買新衣，自然沒有合身的衣服可穿。然而她的鞋是新的，沾染著庫存的舊氣。一雙腳塞在那雙紅鞋裡面，腫得厲害。

那是一雙漆皮的娃娃鞋，兩個鞋頭分別縫上五片肉色的塑膠皮，一大四小，代表左右各五個趾甲，鋪陳在鞋面最顯眼的地方。令人欲哭無淚，可笑得像是自毀。彷彿這雙鞋生來就爲了製造笑話、貶低智商。這樣的一雙鞋，就算出現在誇張的小丑派對，也無法藉由逃避美麗，將醜陋轉化爲風格。

我塞了三千塊給天晴，要她替自己買雙新鞋，她說不可以隨便拿別人的錢，還要我別看不起她媽給她的鞋。我說沒有合適的鞋不如赤腳算了，又說她這樣出門是交不到朋友的。我還罵她開口閉口都是耶穌，說她母親對女兒最大的毀壞，就是把女兒變得跟她一樣。

她不辯駁也不動怒，於是我猜她並沒有聽懂我，一陣不安的停頓之後，卻聽她小聲地說，「其實，其實我有男朋友。」她這麼說的時候，臉上有種爲自己的驕傲感到羞怯的表情。她斷斷續續訴說她的戀愛，關於動物園，冰淇淋，落日下迷路的雁……，再突然閉上嘴巴，等待我好奇的追問，卻失望地發現我，對這事一點好奇心也沒有。

妳不相信，對不對？

天晴看著我，在我的沉默中停頓許久，再以一種麻藥未退的緩慢，一字一字說道：連妳也不相信，我也是有人愛的。

我們忍著眼淚吵了一架，卻彷彿捨不得分開，又像是不好意思說再見似的，繼續坐在電視機前，對著無聊的春節特別節目，消化這無可逃遁的相聚時光。電視裡喜氣洋洋，每個人都在歡笑，歌唱，說好聽的話。時間變成一道又硬又長的、難以消化的黑，像一團怎麼也嚼不爛的膠卷，演映著大團圓的鬧劇，溫馨而恐怖的親情。

天晴跟我盯著電視，淤積著，找不到話說。語言橫亙在我們之間，使我們無法擁抱或親吻。話語輕輕握住我的咽喉，製造哭泣的衝動。

我以爲廣告會放過我們，但是不。廣告比電視劇更溫馨。大過年的，連童年都隱匿在那些過時好久的廣告裡面，來跟我們團聚了。綠油精，乖乖，蘋果西打，一種一首主題歌，我們竟然都沒忘記。

待天晴起身告別，我像是爲了補償什麼似的，硬是把錢塞進她的口袋。她不肯收，直到我堅定地告訴她：「妳信不信，這不是爲妳而是爲我。」我繼續唱著我的獨角戲，說我大學還沒畢業其實也給不了多少，要她別感到不安就當是向我借錢，又說年輕人總要看電影喝咖啡交朋友的，「而交朋友，」我說，「交朋友是很花錢的。」

下一個過年，天晴沒來找我。幾個月之後的夏天，在我猛寄履歷找工作的畢業前夕，人們傳說天晴跑了。

乍聽這個消息，一陣短暫的驚慌過後，我心底冒出的，竟然是一種，無法向別人陳述的、非法的喜悅。那釋放的感覺，比恐慌或擔憂更為立體，就像陰鬱的天空總算放晴似的。

是的，放晴。讓天空不斷不斷放晴，讓天晴不斷地向外跑，往她不在的地方去，到她不曾去過的地方，把那些地方變成她的所在。直到我接到天晴自遠方打來的電話，說，「小束啊我是小晴，新年快樂。我要跟妳說對不起，妳的三千塊我要再欠一年。」

根本沒有什麼遠方，天晴到不了任何遠方，她說她在松山車站，離我家只有十分鐘路程。她沉默著像在等我開口，我卻說不出話。還能怎麼樣呢？我無法像對待小學同學那樣，當街寒暄幾句，互相交換名片或 email，帶著其實不會通信的準備。我給天晴的只有沉默，連我自己也無可控制的沉默，那沉默貫穿公共電話的兩頭。

她留下一個郵政信箱的號碼，說有空可以寫信給她。這回又是她先說了再見，彷彿在表現自知之明似的。在電話斷掉之前，她匆匆留下的最後一句話是，「小束，妳對發票嗎？假如妳都不對的話，可以把發票寄來送給我嗎？」

我沒有答應她。我還來不及答應，電話就斷了。

那是前年除夕的事。

天晴杳無音訊地過了一年、再過一年，今年除夕，我再度接到她的電話，卻逃避著假裝出門去了，交給答錄機接聽：小束啊我是小晴，對不起啊今年，我還是沒辦法還妳那三千塊，我的發票都沒對中，不過八月有一張中了兩百，我要跟妳說新年快樂，妳借我的那三千塊我不會忘的，不會忘的。

這樣我就可以放心了吧。——到頭來，到頭來，沒有誰會餓死，這城市也餓不死誰。

我記得今年春節，奇異的豔陽天從除夕延續到初三，狗熱得發昏，人熱得冒汗，電視新聞請來專家，解釋溫室效應與氣候異常。人們相互詢問著，這天氣對嗎好嗎正常嗎？卻絕對不忘出門享受，這冬日裡難得的，美麗而盛大的夏日。

在新聞片歇息的廣告時間裡，我再度聽見綠油精的歌曲、兒童們清脆的歡唱，憶起我跟天晴怎樣在那最後一個屬於我們的下午，對著這破爛廣告笑著冒出淚來。——這廣告不是自小就有的嗎？它從什麼時候開始消失的，我們並不警覺，也從來不曾在乎。

記憶是這樣難以觸知，無用，甚至多餘。以致，當我遺失它的時候，所感到的懊喪，有時竟抵不上弄丟一包面紙。往往還沒有感覺、來不及感覺，遺忘就已經開始了。這廣告是什麼時候消失的呢？直到它重現，我才發現自己忘記了它，並且很不眞實地想起了自己的遺忘。就像今年除夕，我與天晴再度失散，失散於四季之外的第五季，某個被野放在季節之外的大晴天。

末花街38巷

1

末花街的居民並不迷信，他們只是堅持：屋簷底下絕不撐傘，舊曆年間絕不洗衣，送葬時，一定要在口袋裡藏一截紅紙片。

末花街倘若是全世界，則38巷底、那棟一九六九年完工的灰泥樓房就是印度，舉世最大的貧民窟。這裡收納了精選的貧民，靠著精選的垃圾，換取菸酒骰子和愛國獎券，在霉爛的床墊與分不清痛苦快樂的呻吟之間，迎生送死。

這地方天天有人死去，天天有老鼠誕生。

這條巷子，這條38巷，是台北的一截直腸，好幾線公車的終點站。

每天傍晚，準五點半，一輛274從巷口彎進來——車掌小姐筆直的哨音，鋼針般刺破天空，慘淡的黃昏滲出華麗的血色——公車停在巷底，車掌說「總站到囉」，下車的總是一票女人，喧喧嚷嚷的，說著還沒說完的話題，繞過貧民窟後方，去玩偶工廠上夜班。

她們嚼著口香糖，以爲這樣看起來比較時髦。明明是個女工，凡事自己彎身自己動手，卻非要在制服上別一朵胸針，並且把指甲塗紅，總以爲自己挑的顏色，比別人的更有氣質。

在女工之後被趕下車的，是幾個不肯下車的男人。臉上掛著鼻涕、眼屎、酒渣或檳榔汁，有的褲底發出尿騷，眼睛裹上一層陳舊的夢。

他們是城市的棄兒，直腸排泄的垃圾，傾倒在貧民窟裡，等著被遺忘，被時間的胃酸消化，再反嘔出來，將剩菜般的人生獻給腐敗、獻給潰爛，獻給蛆蟲當晚餐。

是的，貝貝倩相信，他們失蹤的手指、截斷的小腿、化膿的唇角，都是被蟲啃掉的，而溫伯伯的神智，則是蟲寶寶長了翅膀以後，用前腳又挖又刨，成片偷走的。

38巷很短，五分鐘就能走穿，與巷底貧民窟正面對峙的，是巷口的夜市，頭尾間住著各式各樣——拚命想出人頭地的、密謀倒會的、已經讓人倒了會的、曾經風光如今一文不名的、假裝體面的、體面不起來的——半吊子人物。

那是7-eleven的史前時代，超級商店並不常見，38巷的居民，在巷子裡唯一的雜貨店購買所有的東西，順便把屯積在肚子裡的閒話一次出清。那時候，電視節目可以花掉半個小時，追尋一把黑槍的身世，海洛因彷彿月球上的仙丹遙不可及，紅中白板與安非他命結拜做兄弟，剛剛在江湖上闖出一點名氣。

那是強力膠的盛世，扁鑽與開山刀的時代，凶殺案還很稀奇，38巷竟也輪到一樁。

時間是一九七五年，一個紫紅色的春日傍晚，大雨後剩餘的陽光，在淺淺的水灘上，烙了一層薄薄的彩虹。

貝貝倩把滿手的紙牌收進抽屜，晃進廚房，在媽媽的眼前抓起抹布，以乖巧到誇張的小跳步，跑回前廳的雜貨鋪，擦拭一整天累積的灰塵。——貝貝倩正準備賣乖，暗算媽媽的同情心，想著要怎樣得到五塊錢，跟其他小朋友一同趕赴銅鈴噹啷噹啷的召喚，圍住那輛香噴噴的三輪車，叫一碗豆花來吃。

那天的彩虹，跟前幾天的彩虹一樣，不掛在山巔，不晾在天涯。彩虹自高處跌落，趴在地上，躲進溫伯伯滴落的麵湯裡，浮在油膜的表面。據傳教的大鬍子說，彩虹已經被工廠與寺廟，驅趕至山的背面，「上帝與諾亞以彩虹爲約，當人類把彩虹還給世界，神就把世界還給人類」……

貝貝倩仰著小臉，聽大鬍子講道，溫伯伯就湊在她旁邊，西哩呼嚕吃著一碗湯麵，在一堆小孩子中間，依樣孩子氣的皺起鼻子。貝貝倩總是忍不住，盯著油湯裡的彩虹，這麼美麗，這麼香。——貝貝倩只有五歲，五歲的世界不需要道理，只需要好吃的東西。

已經過了下午五點，貝貝倩把下午到貨的香菸一條一條拆開、排好。長壽一包二十二，總統一包二十六。把啤酒瓶上的灰塵擦掉，一支一支放入冰箱。發臭的破雞蛋已經挑了出來。砂糖和綠豆、也半斤半斤的裝了袋。她還獨自送了兩趟貨，策略性地婉拒了媽媽的犒賞（百吉冰棒一支）。所以此刻，她正幻想自己捧著一碗豆花，貪婪地注入雙倍的薑湯。

蛋黃般的落日熟透……化開……漸漸冷卻。

豆花缺席，來了人群。

他們自巷口灌進來，朝巷底的工廠奔流，像是趕赴一場祕密的慶典，嘴巴抿得緊緊的，壓制舌尖底下的騷動。

巷子裡的門窗也跟著打開了。踩著拖鞋的腳步，加速匯入人流，鞋底擦出細細的歡呼。

剛剛才下了公車的女工們，聽了路人轉述的故事，一人一聲尖叫，下巴掉進驚愕裡。才剛回神，馬上又撥開塑膠袋，繼續與吃剩的晚餐搏鬥。

人手一份吃食，一份未嚼完的食物。

人手一份亢奮，把油膩的塑膠袋、連同焦躁的黃昏，毛巾般扭得緊緊的。

死了一個男孩，才九歲。他和另外兩個女孩下了課，在玩偶工廠旁邊的空地上跳繩，等媽媽下班。男孩總是拎著繩子打圈圈，爲女孩子服務，因爲他小兒麻痺。當開山刀撲過來的時候，他用令人鼻酸的努力、驅使著酸菜般可憐兮兮的左腿，剛要起腳，就在女孩淒厲的哭叫聲中倉亂地踢了踢，流血倒地。

殺人的據說是個瘋子，逃出來的瘋子。自貧民窟後方的玩偶工廠再後方的那家精神病院逃出來，一路揮著開山刀。

貝貝倩擠進圍觀的人群，看見一團黑蚊子，噩運般聚集在屍首上方。

屍身上覆蓋了一件雨衣，有個人走過去，掀開，說男孩長得眞清秀，可憐那張臉，直落落裂成兩半。

現場評論四起，吵吵鬧鬧，像一個發燒的蜂巢：

「眞的是個瘋子？」

「當然是個瘋子！」

「男的女的？」

「男的，拿開山刀。」

「開山刀？我聽說是殺魚刀。」

「我看一定是桃花瘋。」

「沒錯沒錯，發情啦！」

「野貓野狗都在發春，半夜叫得好大聲……」

「花草樹木也在發春……」

「何況是人。」

「尤其是男人……」

「住在精神病院的單身漢。」

「哦，是個單身漢嗎？」

「你怎麼知道？」

「猜也知道！精神病院，住久就變單身了嘛……」

人聲鼎沸之中，傳出噹啷噹啷的銅鈴聲，貝貝倩聽見豆花來了，後面還跟著香腸、饅頭、蔥油餅。在巷口夜市起灶的米粉湯，也移師命案現場。

就連查案的警員也吃得很忙，以滿嘴麵團的含糊問道：ㄓㄧˊ是誰？有誰叫ㄓㄩˊ還是ㄓㄧˊ

嗎？——警察說凶手嘴裡，一直喃喃念著這兩個字。

是之俞、芷瑜、姿儀？還是志宇、知鈺、子誼？是男、是女？還是名字以外的東西？或是沒有意義的聲音？眾人在飛沙走塵、含腥嗜血的晚風中，捕捉這兩個音節的形狀。然而風言風語，哪有不變形的，直到一個低沉的男聲，堅定地給出結論：紫因，一定是紫因。

沒錯沒錯！除了紫因還能有誰？大家附和著，懶得跟這個聲音作對——雖然不免有人低聲抱怨：你以爲全天下就你妹妹最美，美到讓人發瘋？讓瘋子發癲啊？

然而除了紫因，還有誰能滿足眾人幸災樂禍的心情？閒話總是哪裡熱鬧哪裡去，於是大家一致決定：凶手嘴裡吐出的，的確是兩個有意義的字，這兩個字，肯定是一個名字，女人的名字。這名女子，是38巷唯一的名人「李三俠」的妹妹。這奇怪的女人，年初才剛訂婚，就死了未婚夫。

所以這女的眞是美過頭了，他們說，未婚夫的死因還沒查清，又迷倒瘋狂的殺手，剋死不相干的小男孩。

末花街就是這樣，一個既破碎又集中的地方。38巷則把破碎的集中起來，香噴噴同時臭兮兮的，血水纏著口水。這裡的居民並不迷信，只是信口開河、人云亦云。

貝貝倩在人群中捧著豆花，吸取花生的香氣，好阻擋隔壁男人胯下的腥味。眼睛瞪得大大的，望著血水上團聚的黑蚊子，耳朵張得開開的，灌進死者母親的乾嚎、與圍觀者嗡嗡的話語。貝貝倩覺得自己快要吐了。原來活人比死屍更具攻擊性。

安靜的山裡走去。
就在她腿軟的一刻，巨人張英武出現了，三根手指就把她拎起來，拎起來，放在肩上，朝

2

灰撲撲的屋樓，剁成一塊一塊的公寓，隨城市棄兒的傾入、再傾入，小公寓剁成更小的房間，必要時再剁碎、剁碎、剁碎。

孤男寡婦在洗衣間裡相遇，眉來眼去，聊個幾句，相互安慰，然後摸來摸去。兩份悲慘相乘，負負得正，得出一陣酸楚的小幸福，像兩隻蚊蚋，在發餿的乳汁上相親相愛。一段時日過後，乘法變成加法，兩份悲慘組合成一份更大的悲慘，在裝滿憤怒與哭泣的貧民窟裡，塡入肉搏與呻吟。

貧民窟原本不叫貧民窟，官方管它叫做「平民住宅」——是的，沒有哪個政府會笨到承認自己把人像動物一樣分類、分格，用垃圾養著，等他們發瘋、發爛、自殺、互砍。然而平民住宅又不得不叫貧民窟，以便讓38巷的居民站在有錢人這邊，抱著充滿優越感的同情心，指著別人道可憐。

38巷需要貧民窟。因爲，在完美的不幸面前，所有的不幸都淪爲兒戲。

身爲一個資深的貧民，巨人張英武自始就看穿了這一點，所以他拒絕滿足觀眾，無論是記者還是鄰居。

他被安置到平民住宅那天，巷內的居民堵在那棟灰泥樓房的入口，看他像個原始人似的，裹著床單當外衣，踏著藤編的涼鞋，接受市長頒贈的一雙特製的超級大鞋。然後低頭，彎腰，扭身擠進大門，身後跟著一串抓著相機的小矮人。

當晚，38巷的居民透過電視，窺見那拆掉天花板、兩層併作一層的寢室，看他眉眼低低的，回答是、不是、忘了、不知道。即使最精明的記者，也無法從他嘴裡釣出一句足夠刊登在報上的話語。他呆漠的目光像一隻握緊的拳頭，只有在記者問及，「愛呢？你渴望愛嗎？」他的理解力才突然清醒似的，回道：誰不需要？你不需要嗎？

自始，他就是個公眾人物。一道奇景，一個自遠古遺留至今的人類，一個動物，一個怪物。天生的王老五，彷彿打娘胎出世就已經三十好幾，身長二三一。

他自有一種認命的、忍讓的面容，四肢的關節長滿瘤瘤。那些瘤看似天生，卻彷彿更像是在生活裡碰撞來的。行走站立一概弓著背，恍若負著一頭獸、或是一袋濕黏的瀝青。那東西隨著他行走的步伐，緩慢地擺盪、移動、調整形狀，攻陷他背上的每一處凹陷，緊緊攀附著，成爲他身體的一部分。

路上的孩子雖不致對他亂喊亂叫，卻一個個躲在路邊，像躲在灌木叢中的小矮人，透過葉片與葉片的間隙，窺視巨人的身體，以緊張的耳語交換著毫無意義的驚嘆句：你看，巨人！好大喔！眞的，眞的好大！看，他的膝蓋！看，他的手指！看，他在看你！

偶爾，一個膽大的孩子會咻一下滑過他腳邊，丟下這樣的問題：你爲什麼長這麼高？你一餐吃幾碗飯？你的牙齒也是三十二顆嗎？——孩子們問了就跑，彷彿這些問題並不需要答案。

他的名字並不足以代表他自己。大家堅持叫他巨人，巨人張英武。

身爲一道奇景，或一個怪物，他不斷被問著這些怪問題：你出生的時候多大？你的父母姊弟也一樣嗎？你的伙食費怎麼算？你可以搭計程車嗎？……彷彿他的嘴巴只能吃，不能唱歌或讀詩，彷彿他只能關心食物的分量、衣鞋的尺寸、車頂的高度，而不是花季的推遲、夢的顏色、或中南半島那場沒完沒了的戰爭。

於是，當貝貝倩問他：「張英武，你可以幫我找到彩虹嗎？」他簡直要爲這個與巨人無關的問題感激涕零，竟無暇以他一貫的懷疑主義反脣相譏：彩虹？妳以爲我長得高就摘得到彩虹嗎？

他只是溫柔地抱起她，讓她在身上爬來爬去，把自己當作一片土地。像一頭寬宏大量的象，讓一隻小兔子支配他。

命案發生那天，他扛著輕飄飄的貝貝倩，離開血腥的八卦，爬上後山的那座平台，在晚風裡放風箏。他從不明瞭自己何以對風箏如此癡迷，一如他並不知道，自己遲重的身軀裡，埋著一副渴望振翼飛翔的靈魂。

3

貝貝倩家的雜貨店外，每週四，總會出現一個女人。瘋女人。

那個女人總在吸膠以後，反覆哼唱一首民謠，在沙啞的旋律之間穿插幾句淒楚的口白，像一把生鏽的鋸子，將深藍色的夜幕割得破破爛爛的。

幾個女工溜出來，到雜貨店抽菸、買零食。七七冷眼招呼著，暗自對她們痠痛的手臂、粗俗的笑話，抱以同情和輕蔑。七七擁有一家小店，便自以爲比別人高級，忘了自己曾經也是布偶工廠的作業員，與她們嘰嘰喳喳編織著同一個夢想：一個男人，一個家，一間不必再搬遷的屋子，一串昂貴的首飾。

七七與她們在同樣的環境裡，過著同一種層次的生活。她們在工廠上班，她在附近的雜貨店賣東西，就好比——蝌蚪與大肚魚長在同一條水溝、善男信女跪在同一間廟裡。然而七七堅信，她跟這些女工是有區別的，即便只是很小的區別。

七七躲進房間，在胸罩裡塞進墊子，這裡撥出來一點，那裡凹下去一點，炫示著她所沒有的東西。邊看電視一邊等待，等待。等著別人的男人。

晚上十點多，李三俠果然出現了，身後跟著三個死黨，一路打打鬧鬧，像四支酒瓶胡亂碰撞著，跌進雜貨店裡，用汗臭、菸灰、和高聲的談笑，將店內剩餘的空間全部填滿。

媽！——貝貝倩喊著七七，把混亂的現場交給母親。

「大明星收工啦，特地幫你留了冰啤酒喔！」七七那做作的媚態，軟趴趴的聲調，貝貝倩聽了就煩，她分不清這是因爲七七是她母親，還是因爲她不喜歡李三俠。

李三俠剛升格當演員，這名字就是他正在演出的那個角色，雖然是男主角的跟班，好歹屬於正義的一方，平均每集都能露一次臉，當下就把自己的三個死黨貶爲小弟。他們三個依舊在做武打替身，對他畢恭畢敬，奉菸敬酒，滿口謙卑地說著「大哥演得眞好」，希望他有機會多多提拔。

李三俠好賭，每晚都霸占夜市裡唯一的一台吃角子老虎，輸了就踢狗，踢得路上每一隻野狗都懂得怕他。四個人喝光啤酒，大口抽菸，李三俠打開話匣子，談的又是紫因。——搞不清狀況的人絕對無法相信，紫因其實是李三俠的親妹妹。稍懂一點狀況的人，又總在背地裡猜疑：他妹婿的死，或許並非意外，也不是自殺。

工廠命案至今一個月來，李三俠反覆打開同一個話匣子，就像打開同一個紙盒，裡面養著同一個紙娃娃。他一廂情願地，爲紙娃娃冠上妹妹的名，把「美得發狂」這類的奇情故事，硬是塞進她的命運。大家已經懶得勸說或反駁，任他蠻橫專斷堅持己見，添購各式各樣的紙衣、紙帽、紙皮鞋、紙皮包，把性欲與幻想化作紙圍巾，繞在自己妹妹的脖子上。

這個晚上，李三俠照樣打開盒子，探視、逗弄、寵愛這個美麗的紙娃娃，替她穿衣脫衣，卻發現他爲她準備的衣裝全都不見了，取而代之的，是一套脆薄而透明的睡衣，上面布滿熱情的折痕。

「說好了，今晚去找他算帳。」李三俠說。

「你確定是那個新來的工人，那個山地人？」死黨一號問道。

「錯不了，」李三俠說，「溫伯伯說他親眼看見那個人，半夜從紫因家的後門跑進去。」

「那個老瘋癲的話，能信嗎？」七七自己是不太信的。

「如果我說，我聽見我妹的尖叫呢？」李三俠不耐煩地點起一枝菸。

「你聽見紫因求救？」死黨二號追問：「那你怎麼沒去救人？」

「我去啦！」三俠說，「從我家後門直接衝出去，敲她的後門。」

「結果呢？」

「她說沒事，是一隻老鼠。」

「就算那個山地人，真的進了你妹的家，」死黨三號說，「就算這樣，也不能隨便誣賴人家。」

「是啊，」七七說，「也許他只是去幫你妹抓老鼠。」

「你們是說，」李三俠對著月光吐一口菸，「是紫因把他請進去的？」

「我可沒說，我只是不確定……」

「我妹會是那種隨便的女人嗎？」

「再隨便的女人，」死黨一號說，「也不可能挑上那種睡在工地的人。」

「那他闖進去幹什麼呢?」死黨二號問完，馬上被一號踢了一腳。

「當然是……，還用問……」李三俠罵道：「你實在有夠笨吶!」

「我還是覺得，」死黨三號小聲地說，「在動手之前，應該要把事情弄清楚……」

還有什麼不清楚的嗎?火爆的李三俠終究發了脾氣：第一，我聽見紫因求救（他剛剛說的是尖叫）；第二，溫伯伯看見那個山地人從她家跑出來（他剛剛說的是跑進去）；第三，紫因從來不跟男人打交道，更不可能跟一個外地來的陌生人打交道。「你們想想，」李三俠說，「連我這個做大哥的，都進不了她家的門，何況是那個山地人!」

「沒錯，一定是那個男的亂來!」死黨二號別無選擇，只有附和。

「這世上最差的男人，就是欺負女人的男人，」李三俠說著說著，彷彿回到武俠劇裡的角色，「今晚，今晚就要他好看!」

「可是……」死黨三號還在堅持著、他不敢眞的堅持下去的東西。

「媽的，沒種!」李三俠罵，「害怕就退出啊，反正我們的劇組，不差你一個!」

「我不是怕，只是覺得……」死黨三號不再堅持那些、他不敢眞的堅持下去的東西。

4

七七目送他們四個，像在觀看一齣古裝劇的片頭，預示著刀光劍影、拳打腳踢。挑釁、尋仇、邪不勝正的信條。

當李三俠將手中的啤酒罐捏扁，憤憤朝地上一摔，路邊一隻豬肝色的野狗便驚嚇著狂吠起來，惹來同類紛紛響應，整條街於是嗷嗷嗚嗚、汪汪汪的叫了起來，一隻接著一隻，遞交著猜測與評論。卻沒有誰眞的知道，到底，到底，發生了什麼事。

溫伯伯還沒睡，坐在樹腳下的陰影裡，喝著一瓶二十九塊的紅露酒。一個人，在遠逝的鄉愁裡微醺。身爲典型的難民、精選的貧民，他在身後那棟灰泥樓當中，分到了小小的一格，但多數時候，他寧願在月光下徘徊，鬼魂似的守在自己的墳墓旁邊，陳述生前的往事。

在他口中，人死而復生並不稀奇，他自稱高壽一百，其實是因爲記憶錯亂、年代概念也跟著錯亂。問他八七水災、唐山大地震，問他霧社事件與太平天國，他都能滔滔不絕彷彿身歷其境，分不清眞相止於何處，幻想又起於何處。

七七抓起掃把，清理店頭的菸屁股，掃著掃著，雙手竟停不下來，彷彿她想掃除的，其實另有別的、某種莫名的情緒。她想：也許什麼事都沒有，也許那個山地人只是碰巧路過，替紫因趕走一隻酒醉的老鼠。再說，紫因眞有那麼美嗎？七七不服氣地想：女人的美貌，還不都是人云亦云，讓話題製造出來的！

她反倒覺得那個工人、那個山地人，長得其實很不賴，而且正派，來店裡買東西，從沒想要占她便宜，所以她很願意讓他借用廁所。

身爲雜貨店的老闆娘，七七知道自己一站上店口，就得準備讓人占便宜，不論是米糖油鹽的斤兩，還是她鮮滑的肉色。但七七畢竟擁有商人的體質，可以爲了多賺幾塊錢，把自己當贈品。衣著又薄又窄，領口裂得低低的，彷彿被哪隻急躁的手扯開過。收音機扭得極大聲，以探戈或倫巴的節奏擦洗桌面、找錢數錢。用肩膀和屁股走路，拿香水把周身的空氣灌醉，醉得那些上門的男子渴望一口汽水、或一瓶涼酒，把身上所有的零錢花掉。

想要和她交換幾句曖昧的言詞，可以，先買一條口香糖。箭牌的，一條四塊。客人若賴著不走，想從她那裡索討一點讚美，那麼她就會先反問：要不要買條黃箭請我？黃箭吃了嘴甜。出了店門，她就絕不跟人打情罵俏，即使對方五分鐘前才在她店裡光顧了兩瓶啤酒。七七就是這樣，擁有商人的體質，商人的虛情假意，絕不免費奉送。

守衛著店面的鐵捲門，每隔一個多雨的夏季便生出幾塊斑痕，老去一點。灰色的表漆剝落，露出橘紅色的底漆，恍若一頭受傷的象，露出見血的傷塊。

夏天一到，七七傳說中的丈夫就會出現——聽說是個跑船的，但不知跑的是哪一種船，每逢鬼月就靠岸休假，回家住兩個禮拜。儘管他的皮膚白得像是吃軟飯的，不過他確實會帶來幾樣船來品，香水、絲巾、口紅，還有給貝貝倩的軟糖、貼紙、洋娃娃。

每當貝貝倩望著爸爸自公車底站逆風走來，總在心底祈禱著，爸爸，請你先抱媽媽再抱我吧，求求你，愛媽媽勝過愛我吧。然而每一次，爸爸的眼光老遠就鎖定貝貝倩，瞇瞇笑開，快走，跑步，在店外把行李一扔，飛也似的撲向她，將她盪得老高，往空中拋。貝貝倩不看也知道，媽媽失望的眼神垂落鞋尖，再移向玻璃櫃中自己的影子——如此精心打扮，得不到一分鐘的凝視。

緊接著短短兩週的全家福，總免不了有那麼一個夜晚，拉下鐵門的雜貨店裡迸出杯盤碎落的聲響，在平靜的夜幕上撕開一張嘴，嘴裡冒出七七的叫喊、啜泣，與疲倦的沉默。接下來這一天，七七便消失不見。

這一年一度的「失蹤記」爲時很短，僅只一天，卻是巨大的一天。

她在男人如雷的酣聲裡無聲地落淚，打包，坐著等天亮，把女兒搖醒，準備去搭頭班公車，往西門町。

她打開冰箱，檢視自己私藏的首飾，它們好端端的睡在冷凍庫硬石般的豬肉底下，在飯盒裡冬眠。——男人的手伸不到的地方，是最安全的地方——她苦笑著稱讚自己的小聰明，把財產留在原處，並不打算帶走，因爲她知道自己，終究，找不到第二個家。但是，「也許這次我可以撐久一點，過兩天再回來。」

整個白天，她逛過一家又一家店鋪，把百貨公司當馬路、馬路當作電影院，由於穿了最好的衣服出門，使夏日的遊蕩變得格外辛苦。躲進電影院，看了一場愛情片，哭得淅瀝嘩啦。隨便吃一頓，再牽著安靜的貝貝倩，繼續逛街。

如此巨大的一天，她簡直不知該怎麼將它嚼完。

等到最後一家商店拉下鐵門，七七便牽著貝貝倩，躲進火車站，繼續嚼食這巨大的一天，像在嚼食一塊已然喪失香味的口香糖，拳頭般塞滿口腔，窒息的膠著感。愈嚼愈無味，愈嚼愈僵。

待天色由黑轉成深藍、淺藍，以至於白，就交給貝貝倩一個銅板，「乖，打電話給妳爸，說妳想要回家。」

事後七七絕口不再提起，她如何嚼食那巨大的一天，以及這一天裡，她如何撞見李三俠的老婆卻轉身避開。曾經，她在街頭遇見李太太，被她笑盈盈的請進一家西餐廳。這女人有炫耀的習慣，總是要（代表她那在電視圈工作的丈夫）表現得比鄰居幸福、有錢，不惜以一頓三百塊的西餐爲代價，咀嚼七七的不幸。七七忘不了那塊切不動的牛排，忘不了自己亂髮中濁熱的街頭廢氣，更忘不了起身離席那一刻，自包包掉出來的水壺、和吃剩的半個飯糰。

下一次，七七搶先避開了她，卻不知對方更慶幸自己成功地避開了七七。只有貝貝倩看見了，看見李太太閃進一條窄窄的巷子，在一張算命桌前坐下，還沒開口說話，就哽咽地拿出手帕。

今年呢？夏天又要到了，七七一邊掃地，一邊勸著自己：今年，今年無論如何，別再跟他吵架了。……但是今年他離得成嗎？會帶著離婚證書來看我嗎？貝貝倩都已經五歲了呀！

七七握著掃把，將李三俠留下的菸蒂集中起來，想著自己的男人、那始終還沒成爲她丈夫的丈夫，滿心高興他要回來了，卻也心知肚明，他從來就不曾回來。

5

當飛鼠扛著行囊，從38巷底穿到巷口，在工地搭棚過夜，鄰居們便相互提醒：小心那個可疑的山地人。

盼了許久，末花街的第一座小公園總算破土開工，那個山地人竟然也抄起傢伙，在烈日下揮汗工作。

沒有人知道他叫飛鼠，彷彿身爲山地人便不需要名字。而飛鼠也懶得四處宣告：「我叫俊新，陳俊新」，因爲這姓名對他而言，跟「山地人」沒有差別。他寧可俏皮的向貝貝倩自我介紹：我姓山，名叫地人。

領了工資，飛鼠就去雜貨店買一瓶沙士犒賞自己，連同押瓶費一併付清，安安分分坐在店外的石階上，面向星空把飲料喝光，然後喊一聲謝謝，亮一亮空瓶，再將押瓶費贖回來。

久了，七七乾脆少收那兩塊錢的押瓶費，免除一道手續。再久一點，飛鼠會自備一個便當盒，把沙士倒進去，請七七將盒子放進冷凍庫，並且堅持多付一塊錢貼補電費，三個小時以後再來，握著自己的湯匙，坐在店門口吃沙士剉冰。過幾天，路人會看見貝貝倩蹲在山地人旁邊，有樣學樣，捧著一盒沙士便當，吃得津津有味。

停工的時段裡，飛鼠會露出流浪漢的本性，在里巷間晃蕩，在巷底的山溝邊躺下，像一塊豆腐似的，懶在那裡納涼。隔幾天，他把手伸進那暴露在天光下的水溝，再幾天，就整個人蹲進溝裡，抓魚抓青蛙。牠們在水中閃著銀光，像一枚枚游泳的錢幣，手一伸就撈滿掌心，像撿拾落地的果子一樣輕易。有鑑於寵物的價格遠比食物昂貴，他於是捨近求遠，繞過市場，步行一小時，到一家私立小學的門口叫賣。

於是有人不高興了，說山地人的行爲等同偷竊。這些人懶得花力氣把垃圾變成財富，就不准別人撿破爛。然而飛鼠並不理會那些口頭的禁制，「看，青蛙多到快把水溝噎死了，」飛鼠告訴貝貝倩，「我這是在清理環境。」

那晚，當李三俠一票四人尋釁而來，飛鼠正在清運完工後剩餘的水泥、磚塊與木材。小公園隔日就要開張，此刻仍是塵土飛揚的工地。李三俠隨手抓起木棍，推了飛鼠一把，「我是誰你知道嗎？我妹是誰你知道嗎？你跑去她家幹嘛？啊？幹嘛？她嫁人了你知道嗎！」

飛鼠的目光凝固不動，石頭般毫無表情，他不言不語，以執拗的沉默回應李三俠的咒罵。那些惡言惡語於是失焦潰散，逼得李三峽閉起嘴巴，改以眼神作戰。

他們一對一，在暗夜中以眼還眼，進行著沒完沒了以致愈來愈不明所以的對峙。

飛鼠倔強的和平主義讓人發狂，彷彿不給人動手的機會，三個跟班的圍在李三俠身後，發癢的拳頭簡直要偷笑出聲。忽然間，有人打了一個酒嗝，爲了避免笑場，只好大幹一場。

四個打一個，其中一個揮著空拳假踢。然而武打替身終究不是蓋的，飛鼠讓他們摺倒在地，卻依舊不說一句。

無言無語。繼之以無言無語。直到對手無戲可唱，走遠了，飛鼠才對天吐了幾個字，不知是呼喚還是辯解，是請求還是訓斥。

隔天傍晚，歌仔戲嗆嗆嗆，爲小公園揭開啓用典禮。紫因自己拎著凳子，在最後一排觀眾後面，獨自插了一個位子，用盡力氣保持沉默，連蚊子都不敢拍。

然而只需要一分鐘，一分鐘，一分鐘之後，就開始有人交頭接耳，頭顱一顆一顆向後扭，尋覓著，定一定，再轉回去，繼續交頭接耳。

紫因知道自己的名聲，僅僅繫於她貞潔的身體，也看得出她大哥正在地獄的邊緣輾轉徘徊，設法要拉著她，一起下去。——既然他無法在塵世與天堂中占領紫因，那麼，至少在地獄中，他可以假借保護者的身分，將她關進自己的羽翼底下。

戲台上的將軍一個翻身，嗆嗆嗆嗆，救起一個落難的女子。

燈光大亮，中場休息，棉花糖與雞蛋冰，甜絲絲的擠入觀眾席。小孩們鑽到戲台下的竹竿之間，玩躲貓貓。大人將目光自舞台收回，飄向紫因。每一雙眼睛都是斜的，斜斜撲向她的自由、她熱騰騰的生命。

她漠然的眼光彷佛一道拋物線，越過人群，落向凌亂的舞台。一個戲子化了半臉粧，龍袍下穿著米老鼠短褲，在樂器間翻找一件道具。布景是一塊塊螢光綠螢光紫螢光紅，看久了彷彿要把眼睛弄瞎，色塊飄浮、暈散、上下重疊、左右搖晃。有人在談論她，她聽不清他們知道什麼，在說什麼。她盯著令人目盲的螢光彩繪，感覺自己的瞳孔擴散，臉上的表情，則是聾子讀樂譜的表情。

她的大哥再也沉不住氣，踢翻了椅子，飛快走向她，要帶她回家。

她坐著不動，他便猛力搖她，滿心急躁地勸說，「妳回去休息，其他的我幫妳處理。」她依舊一動不動，嫂嫂便很關心地靠過來，輕聲問道，「到底發生了什麼事？」

其他人假裝漫不經心，眼珠斜斜壓過來，豎起耳朵在旁邊撿垃圾、排椅子、來回走動、抓蚊子。他們聽不清她的聲音，卻看得到她的憤怒，看她全身好似被鎚打的鐵，紅通通抵抗著撞擊。

她薄薄的、雪白的皮膚燃燒起來，燒得透明，像要出賣皮下的血管，出賣血管裡澎湃的情緒。那透明的頸子裡，筋脈一根一根綳緊，像要斷裂的弦，嗓子裡好像塞著什麼苦臭的東西，一口嚥下去，馬上又翻了上來。

頑強的沉默似乎比語言更費力氣，她大概被自己的沉默擊潰了，竟嘩啦啦笑了起來，笑得前仰後翻顛顛倒倒，隨即又被自己的笑聲噎住，搥著胸口乾嘔起來。於是眾人下了結論：可憐的紫因，她快瘋了，一定要讓那個壞人得到教訓。

突然，椅子嘎一聲後退，紫因起身走向戲台，掀開塑膠布，彎下腰，對戲台底下的一個孩子說，「我們走。」

就這樣，她牽起貝貝倩的手，丟下身後一片嗡嗡亂響的八卦，離開了。

6

貝貝倩不喜歡那座小公園，雖然她沒有能力解釋爲什麼，爲什麼那裡的亭台欄杆，會拖住風的尾巴，使草葉變聾、水流癱瘓。

趁著天上還有亮光，她要趕上後山的平台，去找她的大朋友。這一天，張英武要試放一隻超大的雁形風箏，那是他親手製作、送給貝貝倩的禮物。

巨人張開雙手，舉起天空，抓著風箏，要貝貝倩把線放長，劈劈啪啪逆著風跑。他穩穩的站在定點，等待一陣完美的強風吹起，然後把手放開，擊掌歡呼，要他親愛的小不點快跑快跑。

貝貝倩輕盈地扮演巨人的雙腳，舉著線團衝刺，再衝刺，大雁飛起來，瞬間又要下墜，她趕緊把線一拉，轉身再跑，大雁飛高，飛高，再飛高……

貝貝倩瞇著眼睛，追隨風箏的翅膀，被夕陽的光箭射個正著。她眨了眨眼，想要把睫毛上的光色抖掉，一個暈眩，一道七彩的光圈竟然，竟然，就這麼掛上她的睫毛。她揉揉眼睛，光圈被揉上眼球，一道彩虹，就這麼穿進她的瞳眸裡。

「我看見了耶，」貝貝倩小心翼翼地撐著眼皮，讓風把話送到張英武耳裡，「彩虹，彩虹在我的眼睛裡面。」

許久之後，38巷的三姑六婆與四叔九伯們，才知道原來那一天，大雁翱翔之際，紫因也在一旁擊掌歡呼。

她清脆的笑意牽動了盤坐的雙腿，將腿上那張沉睡的臉輕輕晃醒。

「咦，我睡著啦？」

「嗯，頭還痛嗎？」

「還有一點點，不過已經沒那麼痛了。」

「那現在是怎樣的痛呢？」

「怎麼說……就像是……就像是有一隻蝴蝶，穿過我的腦子，輕輕地灑下花粉。」

紫因笑了：你再說一次。

飛鼠不懂：什麼？什麼再說一次？

「把剛剛那句話再說一次，」紫因說，「我喜歡你說話的方式。」

然而再久再久，別人都無從得知，同一天晚上，李三俠爬到與他分床的妻子身上，在她的抗議聲中掀開被子，剝掉她那身刷洗過度、舊得像抹布的睡衣。事後，李太太連哭泣都懶得，在冗長的失眠中搜括末花街的聲音，聽見38巷把夜色交給公狗母狗、思春的貓、疲憊的高跟鞋、浪人與強力膠，交給菸蒂、酒罐、風中的耳語、和情侶的爭吵。

台妹的復仇

那些自稱台妹的名流，往往並不怎麼台。而眞正台裡台氣的妹妹們，通常並不喜歡人家叫她台妹。那些宣告「我愛台妹」的男生，會和台妹唱歌跳舞玩在一起，然而他們的正牌女友，不但國語比台語流利，連英語也講得比台語漂亮。

打開電視，看見女明星在非洲行善，吃不好睡不好，水太髒拉肚子，生個小病就說歷劫歸來，一副下放貧民窟的、第一世界的姿態。分送可樂與巧克力，要小朋友拿出雀躍的笑容來換。三句一個可憐、兩句一個可愛的，訴說與黑小孩的友誼。女明星漂亮的眼睛，被落後的蠻荒地景餵得飽飽的，飽脹殖民主義的同情心。

可憐的黑寶寶，爲了服務女明星的「人格展示」，將赤裸的飢餓與貧窮攤開，供客人挑選。他們挑了一個眼睛特大、長相特別可愛的娃娃，供女明星擁抱、親吻。女明星在鏡頭巨大的凝視底下滴落慈善的眼淚，不久之後，再戴著那些引發內戰而導致饑荒的名牌鑽石，出席時尚派對，洽談廣告代言的價碼。——台妹「阿由美」盯著娛樂新聞，一面抽菸、包檳榔，她最感興趣的問題是：她們拍一支廣告需要幾個工作天？可以賺到多少錢？

阿由美可以爲了五十塊，穿過四線馬路送檳榔，她說「人生裡滿是狗屎，路上的車禍算個屁」，阿由美講話不太好聽，因爲記者的問話讓她很不耐煩，問她穿這麼少不冷嗎？她說不藍咧（不然呢），不藍怎麼拚業績？特寫鏡頭在她的胯下死命鑽營，比醉鬼的眼睛還要猥褻。她爲她得到的每一樣東西付出代價，也爲她不想要的東西（窺伺、訪問、懷疑）付出代價。

阿由美的雙手，跟多數的台妹一樣，是用來勞動而不是用來享受的：剪檳榔、抹石灰、包葉子；爲客人洗頭、上染劑；在KTV端飲料、擦桌子、洗抹布，一雙手忙得不見天日，卻堅持塗上厚厚的指甲油。油彩在摩擦間斑駁掉色，像一個又一個來不及兌現就脫落的心願，一如我的鄰居CC，學人家開了一間 Lounge Cafe，一本正經、恭恭敬敬的裝高級，卻將招牌上的 Lounge 拼錯了。大門開在菜市場旁邊，音樂放的是過氣的 Kenny G，把咖啡館弄得介於「泡沫紅茶」與「美而美」之間，四個月就宣告倒店。

像CC這樣的台妹，怎麼也拿不到「流行」的定義權，於是練就一身模仿術，靠著單薄的資本，以盜版與複製品生存於世。在夜市賣「LV」包包、「Burberry」圍巾、「Calvin Klein」內褲、「印度」拉茶、「法式」煎餅、「正宗」大阪燒。沒有一樣忠於原味，於是樣樣都成了台味。

她們是最愛漂亮的地攤妹，對流行與時尚毫無戒心，從來不介意成爲蔡依林或濱崎步的翻版，只不過，她們的治裝預算是人家的百分之一，只能當個便宜的拷貝品，也因爲知道自己缺乏宰制性的財力、宰制性的美貌，於是發展出一種「過量」的美學，將平日搜括來的每一樣流行元素都披掛上身，管它是否出自同一系譜、內在均不均衡。

戲劇化的風格，鋪張著各式嘈雜的顏色、粗糙的細節，踩著疲憊的三七步，積極地吆喝著。一種粗獷的巴洛克。

這「過量」也表現在過度的裸露上面：有胸露胸，有腰露腰，有腿露腿，有臀露臀，有三樣就絕對捨不得只露兩樣，誤以爲自己樣樣都好看的，就一樣也不保留的一次露個精光。拿肉體去拚、去比，要辣就辣個徹底，連一寸皮膚也不省下，將性感一次出清。這廉價的色情是屬於街頭與電音舞池的，給她一張 Lady's Night 的飲料劵就免費奉送，不會被簽約買斷、成爲只爲利潤服務的「高級性感」。

其實每個女孩心底，都有一個小台妹。最初她才三歲，習慣講台語，愛跳舞愛唱歌，天眞的屁股扭得比誰都起勁。進了幼稚園，學會認字講國語，直到國小五年級，還有人說她的國語帶著台語腔，十五歲偷偷化妝，化得一臉重妝顯得又髒又老，太熱衷於追求性感，一不小心就穿得太緊或露得太多。

翻開相簿，看看自己國中或高中的樣子，總是有一點聳，有一點過火。因爲害怕不夠（不夠美麗、不夠時髦、不夠聰明）而衍生的過量（粉太厚、噴太香、話太多）。一種因匱乏而導致的感官暴衝。

像舊式雜貨店裡販賣的條裝橘子水，豔色的，近乎螢光，由「高級」香料、色素與糖水混合而成。雖則口口聲聲自稱高級，其實暗地裡知道自己是個廉價的劣質品。——這是台妹的自知之明，也是我與她們所共有的一種自卑的神色，以及對於這種自卑感的反抗心理。

幾乎是不自覺的，台妹以「對時尚的全心擁抱」醜化了時尚，以低俗的品味向「品味」鬧場，把高尚的拉下來，低調的變風騷，奢華的變塑膠。誇張、惡搞，什麼都敢。這膽大妄爲的低俗，衝到某個極端，竟然從極端處轉身、變異，演化出某種形而上的力量，解構的力量。

一場品味的復仇，從盜版變成全新的正版，攻占街頭櫥窗、社會學論文、歐洲攝影雜誌、美術館、報紙副刊。連那些以「高級國語人」和「國際英語人」自居的政治、文化菁英，都不得不放下身段假扮台妹，意圖討好收編。

從盜版變成正版，並且擁有自己的盜版，這是對盜版最大的恭維。然而台妹是很敏感的，就像所有底層的人一樣，你是否真的看得起她，她是知道的（女傭總是能夠看穿她的老闆與老闆娘）。假如你虛情假意，想要占她便宜，她不會拆穿你，好讓你繼續弄虛作假，看你能變出什麼把戲。

我不由得想起舒淇。拍攝露點寫真與三級片的舊日舒淇，改拍藝術電影拿到影后的今日舒淇。這兩個舒淇的差別，有人說是自信，有人說是演技，有人說是氣質與品味，然而對我來說，這些改變全都濃縮在一個線索當中：她的口音，她那帶著港腔的國語。這港腔已經不是昔日的下港腔了，而是另一種較接近國際化想像的香港腔。她棲居在一個新的語言位階，一個相對的文化高地之上。

這細不可察的差別，是最後也最重要的差別。這語言的距離，也是當下的我與童年的距離。

台妹在迎向光榮的時刻，或許都不好意思承認，基於某種處於「低處」的自覺，我們都曾經努力地改造自己的口音。直到現在，許多台客台妹依舊模仿著ABC或ABT的口氣，將台灣國語的起始音ㄐㄑㄒ，置換成美式國語的ㄓㄔㄕ，誇張的演練著一種嘻哈的風格、瀟灑的挑釁。

可見權力對語言的創傷，還沒有得到釋放。也因此有些台妹，比誰都急著嘲笑、撇清：檳榔妹嘲笑恐龍妹（拜託喔，別拿我跟醜女比較！），跑車展的 show girl 看不起檳榔妹（我跟她層次不一樣，OK？）。她批評她氣質太差，她則反諷她台灣國語才「嚴重」呢。嚴重？彷彿台灣國語是某種需要治療的殘疾。

變成壓迫者，就覺得安全了。台妹有時候，比那些「高級國語人」更不遮掩，對著外籍勞工與外籍新娘，表現雇主或本地人的優越感。——從自我鄙視，逃向鄙視他人。

我想起小時候，做錯事被媽媽懲罰，她要我面壁跪著，好好反省反省。但是我當著她的怒目竟然不可遏抑地大笑起來，因爲她把反省說成「反ㄕㄥˇ」，這「反ㄕㄥˇ」還是台灣國語的「反ㄙㄣˇ反ㄙㄣˇ」。她落在語言的下風處，小丑般失去了權威，而我嘲笑她的方式，曾經就是，我被嘲笑的方式。

幾個月前的一個週末，我精心打扮了一番，要去赴一個重要的約會，臨出門還是很不放心，要我品味超群的妹妹幫我鑑定鑑定。她久久盯著我，緩緩的下了判決：嗯……妳退後，站遠一點……下半身還算合格……上半身，看起來，感覺，有點台……。我馬上退回房間，在衣櫃前重新忙碌起來。

台妹的自卑史，與光榮史並排著、競爭著，像一對相互嫉妒的姊妹，因著對方的強大而變得更強。

貞操練習

我姓胡，我媽姓陳，我媽的媽姓林。一家三代，不同姓，理所當然的女子現象。在酒吧跟鄰座的陌生人說話，介紹自己的名字，我說我姓胡，古月胡，ancient moon，古老的月亮。

他說妳的名字眞美，我說不，這個字在使用中，通常指的是野蠻與混亂。

他是個鼓手，瑞士人。金髮。男的。

一・名字

我叫淑雯。淑：一道水，流上，再流下，一而再，再而三。我把這個字拆成「水」「上」「下」「又」，用英文向他解釋。然後是雯：幾滴雨，落在幾個字上。**Rain drops falling on a few words**。

他說，我喜歡妳的名字。我說我並不，這名字就像你在任何一個超級市場裡碰到的任何一個收銀員，乖乖的，假假的，寧可哭泣不發脾氣，沒人期望妳擁有一點才華。

男子比我小五歲，從印度一路旅行向東、向北，再從蒙古南下，來到台灣。他在瑞士打爵士鼓，存下的錢足夠他旅行兩年。旅行的目的單純絕對，爲了尋找活下去的理由。他自殺兩次沒死，趕走女友，酗酒酗毒，在精神病院住過半年。他令我想起詩人艾略特筆下，求死不成靈魂枯老的永生女巫，化身盲眼先知，一個皺縮著女性乳房的垂老男人，朝東方追問存在的意義。

這酒吧不點燈，只點敬神用的紅蠟燭，放台語歌。

這天我月經，進了廁所發現水龍頭是乾的，且顯然一向都是乾的。忽然就意識到我的「淑」，「水」跟「又」之間，「上」的下面並不是下，是「小」。

二・處女膜

我品味著自己的錯誤，回到座位上，跟這半新不舊的陌生人講起，對岸走私來台的「人造處女膜」。一種遇熱即溶的紅色膠膜，量產處女，虛擬落紅。多麼聰明的蠢貨啊，一舉道破眞相。處女本是人造。一種閉鎖性的疼痛。那些包裝盒上寫的產品名稱，貞操膜，一片幾百塊便宜得很。

假貨（道具）說出眞相（虛構）。謊言揭發謊言。以假亂眞。亂眞。那些非眞不可的從來不眞，只好以假亂假，以致，假的比眞的更像眞的，譬如女人的高潮，又譬如，比女人更女人的男人。那些假膜是保證落紅的，不像眞的處女，許多根本不落紅，或者落得太少，或者落在事後太遠。

我問瑞士男孩是否行過割禮，他說是，並說這一晚好坦白，末日前夜一般坦白。

是啊，我同意，因爲陌生的緣故，因爲不會再見了，所以不需要謊言。

有些文化鼓勵男孩行割禮，我則主張女性割禮。十六歲生日那天，由女孩自己動手毀掉處女膜。打壞恐懼，沒收處女狀態，給女孩自由，雖則是很小的自由。假如遇到強暴，起碼可以少失去一樣東西。假如貧窮，起碼沒有貞操可賣。或者愛上了一個人，那人不會因爲妳是或不是處女而決定愛妳或怕妳。

凡是公正的，都是美的。Anything fair is fair。美好與公正，我還很不放心地查過字典，確實是同一個字。

三·慰安婦

紅色的蠟燭熔到了底，癱軟在諸神缺席的酒吧檯上，像一座失血的火山。大規模的浪費，大規模的紅。

在等待下一杯酒的時間裡，我想著「慰安婦」。

日本人迴避了「軍妓」兩字，我們迴避得更厲害，我們說阿嬤，慰安婦阿嬤。

阿嬤是誰?阿嬤是生了孩子，孩子又生了孩子的，在苦海裡游出粗壯手臂的人。然而我們的慰安婦「阿嬤」，有的身體壞到不能生，有的自尊壞到不敢嫁，哪來的子孫?怎麼當阿嬤?

但是我們不管。寧願在女人身上安裝母性，以母性的想像，剝除不要的沾黏，性的沾黏。將她的身體抓起，逆著性的方向推擠，直到成爲性的對立面，然後抖開一張隱晦不明的窗簾布，遮住她，彷彿她眞的有罪。

那布簾跟口號一樣陳腐，黴菌攀附生根，侵害她的髮膚。當年將她們送上戰場當軍妓的，跟後來那些令她們自慚形穢的力量，以及爲她們淨化的意圖，其實是同一回事。軍妓、慰安婦、慰安婦阿嬤，這三個詞，沒有誰比誰更潔淨，它們並不質問貞操，於是趕不走髒汙。

你聽過慰安婦嗎？我問瑞士男孩。

Comfort woman? A woman that is comfortable?（舒服的女人？）

No, a woman that makes others comfortable.（不，是讓別人舒服的女人。）

哇，多棒的女人啊。

舒服的女人不也很棒嗎？

舒服的女人，讓別人舒服的女人，有什麼差別呢？

對呀……對呀！我恍然大悟似的：舒服的和讓人舒服的，假如是同一種女人，不是很美嗎？

說的也是，瑞士男孩點點頭：美不就是公平的意思嗎？

四・私生子

這家酒吧叫做混沌，chaos。瑞士男孩說，這是台北難得的、毫不矯情的酒吧。東西便宜，一地髒亂，不用英文點酒，不放流行搖滾。

無痛搖滾。我說，Bon Jovi 之流，我名之爲無痛搖滾。

無痛分娩。無痛開刀。無痛減肥。無痛分手。台灣的歌手不彈吉他，他們只摔吉他，或抓著吉他拍MV。

我將菸頭伸進燭火，吸一口，將菸點燃。男孩說不行不行，在瑞士，這意味海上喪失了一個水手。

唉呀眞的嗎？我有一個相反的神話，同樣關於火，關於生與亡。

我們家沒生兒子，媽媽壓力大得經常亂哭，我五歲那年的元宵節，聽說，假如妳提的燈籠著了火，家裡就會得到一個男孩。然而前提是：必須是一場意外的燃燒。

我記得那一晚，跟一群舉著火把的男孩穿過暗巷，朝山坡的亂墳走去，一路想著怎樣失足、摔倒，好瞞過天上的神明，製造一場意外的火災。我媽當時已懷胎五月，我成功地燒掉那個紅色燈籠。幾個月後，我媽生了，不是男的。

我家沒有男孩，唯一的叔叔也只有女兒，這意味著，我爸他們這一家姓胡的，恐怕要絕後了。

最擔憂的是我祖母，以她少得可憐的積蓄作餌，要我們三姊妹中的任何一個，找一個願意入贅的男人。「誰給我一個姓胡的孫，我就獻出我所有的錢。」

那，未婚生子可以嗎？

可以可以，蔣介石跟李登輝都是私生子。

祖母堅信李登輝的父親不是李金龍，「身高長相差太多，」她說，「李登輝爲什麼那麼鍾愛日本？因爲他是日本軍官的私生子。」

那，跟阿兜仔生可以嗎？

她咬咬牙，「好吧。」

黑人呢？

她說，黑人也沒關係啦。

結果這些都不用我們煩了。我堂妹要結婚了，對象是個法國人。小孩的中文名字，據說，每一個都可以姓胡。我堂妹不是嫁，對方也不是娶，他們結婚。

像一齣潦草的喜劇，找不到合理的轉折，於是天降神兵，皆大歡喜。只要不堅持正統，就能延續血統。

五・蔡小鳥

然而關於姓名，「馬躍・比吼」有話要說。

馬躍・比吼是一個名字，一個人的名字，一個阿美族青年，一個紀錄片導演。他的作品得了獎，主辦單位寄來獎杯，一個給馬躍，一個給比吼，他們不知道，馬躍・比吼是一個人。

馬。

馬躍不喜歡將自己的名字寫成漢字，他偏愛拼音，Mayaw Biho。漢語是統治者的語言，拼音也是，但漢語更逼近他的脖子，動不動就能掐住他的咽喉。馬躍經常被寫成馬「耀」，因爲多數的人以「光宗耀祖」的漢族虛榮，想像著他的身分，但是馬躍說他寧願，當一匹奔跑的馬。

當我在電腦上用注音打出ㄧㄠˋ，只能找到「耀」卻找不到「躍」，在這個熱愛分類、只求方便的系統裡，Mayaw 找不到自己的名字，除非讓自己變成 Mayueh，馬月，馬悅，馬嶽，馬躍。電腦不按馬躍自己的讀法，把「躍」歸給「yaw」，馬躍不能跳躍，只能炫耀、光耀、耀武揚威。ㄅㄆㄇ扣押了他的名字。

馬躍與他的族人一個個，通過他者的命名，無可挽回地成爲他者。有人叫「蔡小鳥」，有人叫「謝路人」，女的叫「江那個」，男的叫「陳碧蓮」。他們有的去改名，但是沒一個成功。

酒保問我要聽什麼，我點了一首非常高級的芭樂歌，陳昇的〈北京一夜〉。講一個酒醉的男子，在北京的半夜問路，遇見的女子並不指路，哀哀向陌生人投訴她永恆的失落。男子站在鬼門入口，高聲叩問：「我已等待千年，爲何千年還不來？」女鬼站在人間的邊上，淒楚無告，還是要告：我已等待了千年，爲何良人不回來？

雄性的台灣國語，對唱著，雌性的北京腔。不羈的流浪者，對照著，不動的等待者。

我向瑞士男孩解釋，這裡的鬼門，跟基督教的地獄並不相同。

還有天界，神明，鬼、魅、妖、怪。

我們動用了許多偏僻且巨大的字眼。死亡，天堂，信仰，時間。兩個陌生人，暫時罷黜了自己的語言，我收起我的台灣話，他收起他的羅曼語，我們把自己放進我們並不習慣的、被稱作國際語的英語當中，掏出所有可疑可用的詞彙，匍匐在話語的邊緣，繞過語意的深淵，一句一句交換著：是嗎？眞的嗎？

眞的嗎？眞的？——確認舊的誤解，進入下一個。

是嗎？是的。——他的瑞士腔，像爵士樂裡未經馴化的幾個脫隊的音符，辨認著我的台灣腔，一路冒險，顚躓，逃向語意到不了的地方。

文學叢書 137

INK PUBLISHING

哀豔是童年

作　　者　胡淑雯
總 編 輯　初安民
責任編輯　丁名慶
封面設計　永真急制 Workshop
校　　對　余淑宜　丁名慶　胡淑雯

發 行 人　張書銘
出　　版　INK 印刻文學生活雜誌出版股份有限公司
新北市中和區建一路 249 號 8 樓
電話：02-22281626
傳真：02-22281598
e-mail：ink.book@msa.hinet.net
網　　址　舒讀網 http：//www.inksudu.com.tw

法律顧問　巨鼎博達法律事務所
施竣中律師
總 經 銷　成陽出版股份有限公司
電　　話　03-3589000（代表號）
傳　　真　03-3556521
郵政劃撥　19785090　印刻文學生活雜誌出版股份有限公司
印　　刷　海王印刷事業股份有限公司

港澳總經銷　泛華發行代理有限公司
地　　址　香港新界將軍澳工業邨駿昌街 7 號 2 樓
電　　話　852-27982220
傳　　真　852-27965471
網　　址　www.gccd.com.hk

出版日期　2006 年 11 月　初版
2020 年 10 月 20 日　初版十一刷
ISBN　978-986-7108-83-8

定價　230元

國家圖書館出版品預行編目資料

哀豔是童年／胡淑雯著；
－－初版，－－新北市中和區：INK印刻文學，
2006〔民95〕面；　公分（文學叢書；137）
ISBN 978-986-7108-83-8（平裝）

857.63　　95020663